이상한 나라의 앨리스

이상한 나라의 앨리스

초판 발행 2018년 07월 31일

지은이 | 루이스 캐럴
옮긴이 | 권혁
발행인 | 권오현

펴낸곳 | 돋을새김
주소 | 서울시 종로구 이화동 27-2 부광빌딩 402호
전화 | 02-745-1854~5 팩스 | 02-745-1856
홈페이지 | http://blog.naver.com/doduls 전자우편 | doduls@naver.com
등록 | 1997.12.15. 제300-1997-140호
인쇄 | 금강인쇄(주)(02-852-1051)

ISBN 978-89-6167-246-7 (03840)
Korean Translation Copyright ⓒ 2018, 권혁

값 10,000원

이상한 나라의 앨리스

Alice's Adventures in Wonderland

루이스 캐럴 지음 | 권혁 옮김

돋을새김

금빛 찬란한 오후 내내

눈부신 황금빛 오후에
우리는 나른하게 미끄러져 갔지.
서툰 솜씨로 노를 저으려는
작은 팔들은 부산스러웠고,
놀라운 곳으로 가자며
재촉하는 작은 손들.

아, 무정한 너희들 셋!
이런 시간에, 이렇듯 꿈같은 날씨에
너무 가냘퍼서 작은 깃털조차
휘젓지 못할 은은한 향기 같은 이야기를 청하다니!
마음 약한 이야기꾼이 이 아이들의 성화를
어찌 이겨낼 수 있을까?

거만한 첫째가 섬광처럼 나타나
'빨리 시작해요'라고 명령하고
상냥한 둘째는 간절하게

'아주 별난 이야기를 해줘요~' 라 하고
그동안을 참지 못한 셋째는
이야기를 방해하는구나.

마침내, 침묵의 순간이 찾아들고
상상의 나라로 들어간 꿈속의 아이들은
놀랍고 신기한 이상한 나라를 돌아다니며
새와 동물과 친근하게 수다를 떨지.
이게 꿈은 아닐 거야. 그럴 거야!

어느덧 상상의 샘물이 마르고
이야깃거리도 떨어져
기진맥진해진 이야기꾼이 가볍게 몸무림치며
'나머지는 다음에~'라며
화제를 돌리려 하면
아이들은 행복하게 외쳐댄다.
'지금이 다음인 걸요!'

이상한 나라의 이야기는 이렇게
하나씩 하나씩 놀라운 사건들로
쌓이고 쌓여서, 해머로 다듬어졌네.
이제 이야기는 끝났고
우리의 작은 배는 즐겁게 집으로 향하고
찬란했던 햇살은 스러져간다.

앨리스! 이 사랑스러운 이야기를
너의 부드러운 손으로 가져가
어린 시절의 꿈들로 가득찬
신비한 기억의 머리띠 속으로 가져가렴.
멀고 먼 땅에서 뽑아들고 왔으나
시들어버린 순례자의 꽃다발처럼.

차례_

Alice's Adventures
in Wonderland

흰토끼를 따라 토끼 굴로 들어가다

언덕 위에서 언니 곁에 앉아 무료하게 놀고 있던 앨리스는 점점 지루해지기 시작했다. 한두 번쯤 언니가 읽고 있는 책을 슬쩍 들여다보기도 했지만 그 책에는 그림도 없고 대화도 전혀 없었으므로 이런 생각이 들었다.

'저런 책을 왜 보는 거야? 그림도 없고, 대화도 없는데 말이야!'

데이지꽃으로 목걸이를 만들까? 그러면 일어나서 꽃을 꺾으러 가야 하는데, 그렇게라도 해서 목걸이를 만들면 재미가 있을까? (날씨가 너무 더워서 졸리고 몽롱해졌지만 어떻게든 생각을 해보려고 애쓰면서) 고민하고 있는데 분홍색 눈동자의 흰토끼 한 마리가 앨리스의 곁을 휘익 지나갔다.

그건 그렇게 놀랄만한 일은 아니었다. 뿐만 아니라 앨리스는 토끼가 '어이쿠, 세상에! 너무 늦어버렸어!'라며 혼잣말을 하는 소리를 듣고도 그게 그렇게 이상한 일이라고는 생각하지 않았다. (나중에 이 일을 잘 생각해보니 아주 이상한 일이었는데 그때는 모든 일이 아주 자연스럽게 보였을 뿐이었다.) 그러나 토끼가 양복 조끼 주머니에서 실제로 시계를 꺼내어 시간을 들여다 본 다음 서둘러 가는 모습을

본 앨리스는 문득 조끼 주머니가 달린 옷을 입은 토끼는 말할 것도 없고 조끼 주머니에서 시계를 꺼내보는 토끼를 한번도 본 적이 없다는 생각에 호기심이 생겨 자리에서 벌떡 일어났다. 그리고 들판을 가로질러 토끼 뒤를 쫓기 시작

했다. 그때 산울타리 밑에 있는 커다란 토끼 굴 속으로 흰 토끼가 황급히 들어가는 것이 보였다.

토끼 뒤를 따라 굴 속으로 들어가며 앨리스는 그곳에서 어떻게 되돌아 나올지에 대해서는 아무런 생각도 하지 않았다.

토끼 굴은 얼마 동안은 터널처럼 쭉 뻗어 있었다. 그러다가 갑자기 아래로 푹 꺼졌다. 너무 갑자기 밑으로 꺼져 버렸기 때문에 걸음을 멈춰야겠다고 생각할 새도 없이 이미 아주 깊은 우물 같은 곳으로 떨어지고 있었다.

그 우물이 아주 깊었거나 혹은 앨리스가 아주 천천히 떨어졌거나 둘 중의 하나였다. 왜냐하면 아래로 떨어지는 동안 주위를 둘러보면서 이제 어떤 일이 일어날까 궁금해 할 정도로 여유가 있었기 때문이다. 무슨 일이 생긴 것인지 확인하고 싶어 아래를 살펴보려 했지만 너무 어두워 아무것도 보이지 않았다.

그래서 우물의 양쪽을 살펴보았다. 그곳은 찬장과 책꽂이들로 가득 채워져 있었으며 여기저기 핀에 꽂혀져 있는 지도와 그림들도 보였다.

아래로 떨어지던 앨리스는 선반에 있는 단지 하나를 집어들었다. '오렌지 마멀레이드'라는 라벨이 붙어 있었는데

실망스럽게도 단지는 비어 있었다. 그러나 단지를 내던져버릴 수는 없었다. 혹시라도 아래쪽에 사람이 있어서 맞으면 죽게 될지도 모를 일이었기 때문이었다. 그래서 그냥 지나쳐 가면서 찬장 위에 다시 잘 내려 놓았다.

그리고 앨리스는 생각했다.

"와우! 이렇게 떨어지고 나면 계단에서 굴러 떨어지는 것쯤은 아무 것도 아니라고 생각하겠는걸! 집에서는 전부 나를 얼마나 용감한 아이라고 생각할까! 이제는 지붕 꼭대기에서 굴러 떨어져도 아무 말도 하지 않을 거니까!"(그건 거의 사실이었다.)

아래로, 아래로, 아래로. 끝도 없이 떨어지네!

앨리스는 중얼거렸다.

"도대체 몇 마일이나 떨어지고 있는 거야? 지구의 중심에 가까워지고 있는지도 모르겠네. 그러니까 지구의 중심은 4,000마일 정도 떨어진 곳일 텐데……"(앨리스는 학과 시간에 이런 종류의 여러 가지 지식들을 배웠다. 자신의 말에 귀기울 사람도 없어서 알고 있는 것들을 뽐내기에는 그다지 적절한 기회가 아니었지만 반복해서 말하는 것은 여전히 훌륭한 복습이 되었다.)

"…… 그렇지, 그 정도의 거리일 거야……. 그런데 이곳은 위도와 경도가 어떻게 될까?"(앨리스는 위도와 경도에 대해서는 조금도 몰랐지만 아주 멋있고 그럴 듯한 단어라고 생각해 그렇게 말했다.)

그리곤 다시 계속해서 말했다.

"그렇다면 말이야, 지구를 관통해 똑바로 떨어질지도 모르잖아! 거꾸로 걷고 있는 사람들 사이로 떨어진다면 굉장히 웃기겠지! 그러니까 반감(antipathies)(역주: 지구의 반대편을 뜻하는 대척점antipodes을 말한다는 것이 철자가 비슷한 반감antipathies이라는 단어로 말하고 있다) ……인지 뭐라고 하는……"(그런데 앨리스는 이번에는 자신의 말이 그다지 그럴 듯해 보이지 않았으므로 듣고 있는 사람이 하나도 없는 것이 오히려 기뻤다.)

"그런데 그들에게 이 나라 이름이 무엇인지는 물어봐야겠지? 실례합니다, 아주머니! 이곳이 뉴질랜드인가요? 아니면 오스트레일리아인가요?"(앨리스는 말하면서 최대한 예의를 갖추려고 했다. ― 상상을 해봐. 공중에서 떨어지고 있는 중에 무릎을 굽혀 인사를 하다니! 여러분이라면 그럴 수 있겠어요?)

"어쩌면 그런 것을 물어보는 나를 정말 무식한 꼬마숙녀라고 생각할지도 모르니까 절대 물어보면 안될 거야. 아마 어딘가에 쓰여 있겠지 뭐!"

그러는 동안 앨리스는 아래로, 아래로, 계속 떨어지는 것 외에는 아무 것도 할 수가 없었으므로 다시 혼자 중얼거리기 시작했다.

"오늘 밤에 틀림없이 다이너가 나를 몹시 보고 싶어할 거야!"(다이너는 고양이였다.)

"티타임에 누군가가 그녀(고양이)에게 우유 주는 것을 기억해 내면 좋을 텐데. 아, 귀여운 다이너! 네가 나와 함께 이곳에 떨어진다면 얼마나 좋을까! 공중에는 쥐가 없어서 조금 안된 일이지만 그대신 박쥐를 잡을 수 있잖아. 박쥐나 쥐나 거의 같은 종류인걸 뭐. 그런데 고양이가 박쥐를 먹기는 할까?"

이쯤에서 조금씩 졸리기 시작한 앨리스는 마치 꿈속인 것처럼 계속 중얼거렸다. '고양이가 박쥐도 먹을까? 고양이가 박쥐도 먹을까?' 그리고 가끔씩은 '박쥐가 고양이를 먹을까?'라고도 했다. 그러나 알다시피 그녀가 대답할 수 없는 것이었으므로 어떻게 물어도 마찬가지였다. 깜빡 잠이 들었다고 느끼는 순간 앨리스는 꿈을 꾸기 시작했다. 앨리스는 다이너의 손을 잡고 걷고 있었다. 그리고 아주 진지하게 묻고 있었다. '자, 다이너야! 사실을 말해 봐. 너, 박쥐를 먹어본 적이 있니?' 그런데 바로 그때 갑자기 통! 통! 소리가 나더니 앨리스가 잔가지와 나뭇잎들 위로 떨어졌다. 마침내 떨어지는 일이 끝난 것이었다.

앨리스는 어디 한 군데 다친 곳은 없었으므로 얼른 일어나 위를 쳐다보았다. 머리 위는 깜깜했으나 앨리스의 앞에는 기다란 길이 나 있었다. 그리고 조금 전의 그 흰토끼가 허둥지둥 길을 따라 내려가고 있는 것이 보였다. 머뭇거리고 있을 때가 아니었으므로 앨리스도 바람처럼 뒤따라갔다.

흰토끼가 모퉁이를 막 돌아서면서 '아, 내 귀와 수염! 정말 너무 늦어 버렸네!'라고 중얼거리는 소리를 들었다.

앨리스가 모퉁이를 돌아 토끼 뒤를 바짝 쫓아갔지만 토끼는 사라지고 없었고 대신 천장이 아주 낮은 길쭉한 홀이 나타났다. 천장에는 램프가 일렬로 매달려 있었고 불이 켜져 있었다.

홀에는 빙 둘러서 여러 개의 문이 있었다. 앨리스는 차례로 돌아가며 문들을 열어 보려 했지만 전부 잠겨 있었다. 앨리스는 슬픈 표정으로 홀 한가운데로 걸어나와 어떻게 해야 그곳에서 빠져나갈 수 있을지를 다시 궁리해 보았다.

그때 조그만 세발 탁자 하나가 앨리스의 눈으로 확 들어왔다. 탁자는 전부 유리로 되어 있었으며 그 위에는 작은 황금 열쇠 외에는 아무것도 없었다. 앨리스는 그것이 이 홀 안에 있는 어느 문에 맞는 열쇠일 것이라는 생각이 퍼뜩 들었다. 그러나 자물쇠가 너무 크지 않으면 열쇠가 너무 작았다. 어쨌든 그 열쇠로는 문이 열리지 않았다. 앨리스는 다시 한번 홀을 돌아보던 중 조금 전에는 보지 못했던 낮은 커튼이 있었고 그 뒤로 높이가 15인치(약 38㎝) 정도 되는 작은 문이 있었다. 황금 열쇠를 그 문의 자물쇠에 끼워보자, 놀랍게도 열쇠는 딱 맞았다!

앨리스는 문을 열었다. 그 문은 작은 길로 이어져 있었

다. 쥐구멍보다 더 크지 않은 길이었다. 무릎을 꿇고 그 작은 길을 들여다보았다. 그곳으로 지금까지 본 것 중에서도 가장 예쁜 정원이 보였다. 앨리스는 이 어두컴컴한 홀을 빠져나가 눈부신 꽃밭과 시원한 분수 사이를 거닐 수만 있다면 정말로 좋겠다고 생각했다. 하지만 그 문으로는 머리조차 빠져나갈 수 없었다.

가엾은 앨리스는 생각했다.

"머리가 들어간다 할지라도 어깨가 안 들어가면 아무 소용이 없잖아. 아, 내 몸이 망원경처럼 줄어들 수 있다면 정말 좋을 텐데! 어떻게 시작하는지만 알면 가능할 텐데!"

그동안 도저히 일어날 수 없는 일들이 많이 일어났기 때문에 앨리스는 이제 불가능한 일은 거의 없다고 생각하기 시작했다.

앨리스는 그 작은 문 옆에 서 있어봐야 쓸데없는 일이라 생각했다. 그래서 어쩌면 다른 열쇠가 있을지도 모르고, 또는 사람을 망원경처럼 줄일 수 있는 규칙을 적어 놓은 어떤 책이 있을지도 모른다는 가느다란 희망을 품고 아까 그 탁자로 되돌아갔다. 그런데 이번에는 그곳에 작은 병이 하나 놓여 있었다. ('방금 전에는 분명히 없었는데' 하고 앨리스는 말했다.) 병에는 종이 꼬리표가 묶여져 있었으며 '마셔 보세요!'라는 커다란 글씨가 예쁘게 쓰여 있었다.

'마셔 보세요!'는 정말 유혹적인 말이었지만 아주 현명한 우리의 꼬마 앨리스는 즉시 마시지는 않고 말했다.

"아니야, 우선 '독이 있다'라고 쓰여 있는 것인지 아닌지 잘 살펴봐야 해."

앨리스는 아주 재미있고 짧은 이런저런 동화들을 많이 읽었다. 동화에서 불에 타버린 아이들, 또는 무시무시한 짐승들에게 잡아 먹힌 아이들, 그 외에도 다른 무서운 이야기

들을 읽었던 것이다. 그래서 그런 일이라는 것은 주변의 친구들이 가르쳐 준 아주 간단한 규칙들을 깜박 잊어버렸기 때문에 생긴다는 것을 알게 되었다. 예를 들면, 벌겋게 달아오른 부젓가락을 너무 오래 들고 있으면 화상을 입게 된다는 것, 칼에 손가락을 깊게 베면 보통은 피가 난다든가 하는 따위의 사실들이었다. 앨리스는 '독이 있다'라고 표시되어 있는 것을 마시면 거의 틀림없이 조만간에 배탈이 난다는 것을 잊어버리지 않고 있었다.

그 병에는 '독이 있다'라는 표시가 없었다. 그래서 앨리스는 용감하게 맛을 보았는데 아주 괜찮은 것 같았으므로 (그것은 실제로 체리 타르트, 커스터드, 파인애플, 칠면조 구이, 태피(사탕 종류), 버터 바른 토스트를 섞어 놓은 맛이 났다.) 순식간에 그것을 모두 마셔 버렸다.

✳✳✳

잠시 후 앨리스가 중얼거렸다.

"아, 기분이 조금 이상해! 마치 망원경처럼 줄어드는 것 같아."

그런데 사실이었다. 앨리스의 키가 10인치(약 25㎝)가 되어 있었다. 그 아름다운 정원으로 통하는 작은 문으로 들어가기에 꼭 알맞은 키가 되었다는 생각이 들자 앨리스의 얼굴이 밝아졌다. 그런데 혹시 키가 더 줄어들면 어떻게 하나 조금 걱정스러운 생각이 들어 잠시 기다려 보았다.

"이렇게 하다가 양초처럼 완전히 녹아 없어져 버리면, 그땐 어떻게 되는거지?"

앨리스가 중얼거렸다. 그리고 양초가 꺼졌을 때 불꽃이 어떻게 되는지를 상상해 보려고 했지만 그런 걸 본 적이 한 번도 없었으므로 아무 생각도 나지 않았다.

잠시 시간이 흘렀다. 그러나 더이상 아무 일도 일어나지 않았으므로 앨리스는 얼른 정원으로 나가야겠다고 결정했다. 그런데 이런, 가엾은 우리의 앨리스! 문 앞에 이르렀을 때 앨리스는 그때서야 그 작은 황금 열쇠가 생각났다. 열쇠를 가지러 다시 탁자로 돌아갔지만 이번에는 손이 닿지 않았다. 유리 안쪽으로 너무나 선명하게 열쇠가 보였으므로 앨리스는 탁자의 다리 하나를 타고 올라가 보려고 했다. 그러나 너무나 미끄러웠으므로 몇 번이나 올라가려다 지쳐버린 우리의 가엾은 꼬마 앨리스는 마침내 주저앉아 울음을 터뜨리고 말았다.

앨리스는 아주 신경질적으로 자신을 나무랐다.

"봐, 그렇게 울어봐야 쓸데없는 일이야! 너에게 충고 하나 하겠는데, 당장 이곳을 떠나는 것이 좋을 거야!"

앨리스는 평소에 스스로에게 훌륭한 충고를 잘하는 편이었다. (비록 자신의 충고를 따른 적은 별로 없지만) 그리고 가끔은 눈물이 날 정도로 준엄하게 스스로를 야단치기도 했다. 혼자서 크로케 경기를 하다가 스스로를 속이려고 했던 자신의 뺨을 주먹으로 때리려고 했던 적도 있었다. 호기심 많은 이 아이는 마치 자신이 두 사람인 것처럼 생각하기를 좋아했다.

가엾은 앨리스는 생각했다.

"지금은 두 사람인 척해 봤자 아무 소용 없어! 지금 난 훌륭한 한 사람이 되기에도 벅찬 상황이잖아!"

잠시 후 탁자 밑에 있는 작은 유리 상자 하나가 앨리스의 눈에 띄었다. 앨리스는 상자 뚜껑을 열었다. 아주 작은 케이크가 있었고 거기에는 '나를 먹어요'라고 예쁘게 쓰여 있었다.

"좋아, 먹어 보자. 먹고 나서 키가 더 커지면 열쇠를 집을 수 있을 테고, 혹시 더 작아져 버리면 문 밑으로 기어 나갈 수 있잖아. 어쨌든 정원으로 나갈 수만 있다면 괜찮아!"

케이크를 조금 먹고 난 앨리스는 걱정스럽게 중얼거렸다.

"어떻게 될까?"

그리고 머리 꼭대기에 손을 얹고 키가 자라고 있는지 느껴 보려고 했다. 그러나 앨리스는 키가 여전히 똑같다는 것을 알고 깜짝 놀랐다. 평상시에 케이크를 먹었을 때와 다를 바가 없었기 때문이었다. 도저히 생각할 수 없었던 일이나, 전혀 생각지도 못했던 일들을 경험한 앨리스로서는 평범한 일상은 이제 너무나 바보스럽고 시시하게 보였다.

앨리스는 다시 케이크를 먹기 시작하여 순식간에 다 먹어 버렸다.

앨리스가 만든 눈물 웅덩이

앨리스가 비명을 질렀다.

"정말 요~상한 일이야! (앨리스는 순간적으로 너무 놀라서 단어를 틀리게 외쳤다.) 지금 내 몸이 세상에서 제일 큰 망원경처럼 쭉 늘어나고 있는 것 같아! 다리야, 안녕!"(다리 쪽을 내려다본 앨리스는 발이 너무 멀리 떨어져 있어 거의 보이지 않았으므로 이렇게 말했다.)

"아, 가엾은 내 작은 발들, 이제부터 누가 너희들에게 신발과 양말을 신겨 주지? 나는 절대로 할 수 없을 거야! 난 너희들을 보살펴 주기에는 너무 멀리 떨어져 있는 걸. 그러니 너희들이 할 수 있는 데까지 잘해 봐."

앨리스는 생각에 잠겼다.

"그런데 내가 그들에게(발들에게) 친절하게 잘해 주지 않으면 아마도 발들은 내가 가고 싶은 대로 가려고 하지 않을 거야! 그래, 맞아. 크리스마스 때 새 부츠를 한 켤레 선물해

23

야겠어."

앨리스는 선물을 어떻게 전해줄 지에 대해 계획을 짜기 시작했다.

"우편배달부를 시키면 되겠지. 자신의 발에게 선물을 하다니, 정말 우스꽝스러운 일이야! 주소도 정말 괴상하게 보이겠지!

벽난로 앞 깔개에 사는
앨리스의 오른발 귀하
    (앨리스로부터)

"와우, 내가 무슨 말을 하고 있는 거야?"

바로 그때 앨리스의 머리가 홀 천장에 부딪혔다. 정말로 키가 9피트(약 280㎝)를 넘어서버린 것이다. 앨리스는 즉시 그 작은 황금 열쇠를 집어들고 정원 문 쪽으로 서둘러 달려갔다.

아! 가엾은 우리의 앨리스! 이제 그녀가 할 수 있는 것은 최대한 몸을 옆으로 눕히고 한쪽 눈으로 정원을 내다볼 수 있을 뿐이었다. 그러니 밖으로 빠져 나가는 것은 더욱 불가능해졌다. 앨리스는 주저앉아 다시 울기 시작했다.

"에이, 부끄럽지도 않니! 너처럼 다 큰 애가 (그녀는 정말로 컸다) 이렇게 울다니! 당장 그쳐!"

그러나 앨리스는 몇 바가지의 눈물을 받아낼 정도로 계속 울었고 그녀 주위로 4인치(약 10㎝) 깊이의 물웅덩이가 생겨나 그 물이 홀의 중앙으로 흐르기 시작했다.

잠시 후 저 멀리에서 후다닥 뛰어오는 작은 발소리가 들렸다. 앨리스는 재빨리 눈물을 훔쳐내고 소리나는 쪽을 바라보았다. 아까 사라졌던 그 흰토끼의 발소리였다. 토끼는 아주 훌륭한 정장 차림에, 흰색 가죽 장갑을 끼고 한손에는 커다란 부채를 들고 있었다. 토끼는 아주 급하게 총총히 걸어오면서 혼잣말을 했다.

"아, 공작부인, 공작부인! 어떻게 하지! 그녀를 기다리게 하면 노발대발할 텐데!"

앨리스는 아주 궁색한 처지였으므로 아무에게라도 도움을 구해야 할 상황이었다. 토끼가 가까이 다가오자 머뭇거리며 조그맣게 말했다.

"실례합니다만, 선생님······ "

그러나 토끼는 흰색 가죽 장갑과 부채를 떨어뜨리고 냅다 뛰어가더니 어둠 속으로 사라져 버렸다.

앨리스는 장갑과 부채를 주워 들었다. 그리고 실내가 무척 더웠으므로 부채를 부치면서 다시 중얼거리기 시작했다.

"세상에! 오늘은 왜 이렇게 이상한 일들만 생기는 것일까! 어제만해도 평상시와 다름없었는데 말이야. 하룻밤 사이에 내가 어떻게 된 거지? 잘 생각해 보자. 오늘 아침 일어났을 때 내가 어땠었지? 약간 이상했었지. 내가 전과 똑같지 않다면, 그렇다면 '지금의 나는 누구란 말이야?' 아, 정말 수수께끼 같은 일이야!"

앨리스는 자기가 알고 지내는 친구 중에서 나이가 비슷한 아이들을 하나씩 떠올리며 자신이 혹시 그중의 누군가로 변해 있는 것은 아닌지 생각해 보았다.

"분명히 에이다는 아니야. 그렇지 걔는 아주 긴 곱슬머리잖아. 내 머리는 곱슬머리가 아니잖아. 메이블도 아니야, 확실해. 왜냐하면 나는 아주 많은 것을 아는데, 걔는 별로 아는 게 없으니까! 그렇지 메이블은 메이블이고, 나는 나잖아. 그리고 ······ 와, 정말 알 수 없는 일이야! 그렇다면 내가 알고 있는 지식들을 잘 기억하고 있는지 시험을 해 볼

27

까? 자, 4, 5는 12, 4, 6은 13, 4, 7은 ······

아, 이런 식으로 해서 20까지 할 수 있을 것 같지도 않아! 하지만 구구법은 별거 아니니까 지리 문제를 해보자. 파리의 수도는 런던, 로마의 수도는 파리, 로마는······ 아니, 전부 틀렸잖아! 그렇다면 나는 메이블로 변한 것일까, 틀림없어! 그렇다면 '작은 악어'를 한번 해볼 테야!"

앨리스는 무릎 위에 손을 포개어 얹고 수업시간에 하듯이 낭독하기 시작했다. 하지만 목소리가 약간 쉰 듯해서 낯설었으며 단어들도 예전처럼 생각나지는 않았다.

귀여운 꼬마 악어가

반짝반짝 빛나는 꼬리를 손질하고 있어요.

나일강의 물로

황금빛 비늘을 적시며!

아주 재미있다는 듯 웃으며,

발톱을 넓게 펼치고,

빙그레 웃으며 입속으로

작은 물고기들을 삼키고 있어요!

가엾은 앨리스는 눈에 눈물이 가득 고인 채 말했다.

"제대로 외우지도 못하는 것 같아. 내가 아무래도 메이블이 되었나봐! 그렇다면 구질구질한 작은 집에서 살아야 하잖아. 게다가 장난감도 없고 공부만 해야 할 거야! 안돼, 아직 그럴 수는 없어. 내가 정말 메이블이라면 난 차라리 그냥 이곳에서 살 거야! 사람들이 머리를 숙이고 '얘야, 다시 올라오렴!'이라고 말해도 아무 소용이 없을 거야. 나는 그냥 올려다보면서, '그런데 내가 누구예요, 그걸 먼저 말해줄래요? 내가 그 사람처럼 되고 싶으면 올라가겠지만, 그렇지 않다면 다른 누군가가 될 때까지 나는 여기에 있을 거예요.'라고 대답할 거야…… 아, 맙소사!"

앨리스는 갑자기 소리를 지르며 울음을 터뜨렸다.

"누군가가 고개를 숙이고 들여다봐 준다면 정말 좋을 텐데! 이곳에 이렇게 혼자 있는 건 이제 너무 재미없어!"

앨리스는 혼자 중얼거리다가 자기 손을 내려다보고 깜짝 놀랐다. 토끼가 가지고 있던 작은 흰색 가죽 장갑 한 짝을 끼고 있었던 것이다.

"이건 또 어떻게 된 일이지? 내가 다시 작아지고 있는 것이 틀림없어."

앨리스는 자리에서 일어나 탁자로 가서 자신의 키를 재보았다. 분명히 2피트(약 60cm) 정도였었는데 아주 빠르게 움

츠러들고 있었다. 그것이 자기가 들고 있는 부채 때문이라는 것을 깨닫고는 얼른 부채를 던져 버렸다. 그순간 완전히 줄어들 뻔했던 자신을 구할 수 있었다.

"와, 겨우 빠져 나왔네!"

앨리스는 너무나 급작스러운 변화에 무척 두렵기는 했지만 아직 자신이 존재하고 있다는 사실에 기뻐하며 중얼거렸다.

"이제 정원으로 가는 거야!"

앨리스는 최대한 빨리 달려 작은 문으로 다시 돌아갔다. 그런데 아, 하느님 맙소사! 작은 문은 다시 닫혀 있었고 작은 황금 열쇠는 탁자 위에 그대로 놓여 있었다.

"조금 전보다 더 좋지 않아. 이렇게까지 작아지다니! 정말 큰일이야, 정말이야!"

앨리스가 이런 생각을 하며 중얼거리던 순간 갑자기 발이 쭉 미끄러지더니 첨벙, 하고 소금물에 빠져 턱까지 잠겨 버렸다. 앨리스는 처음에는 바다에 빠진 것이라고 생각했는지 이렇게 중얼거렸다.

"그렇다면 기차를 타고 돌아가면 될 거야." (앨리스는 바닷가에 꼭 한번 가본 적이 있었다. 그후로 영국의 해변에는 여러 개의 탈의실이 있고 아이들이 나무 삽으로 모래를 파

고 있으며, 방갈로가 줄지어 서 있는 뒤로 철도역이 있을 것이라고 생각하고 있었다.)

그러나 앨리스는 자신이 빠진 곳이 키가 9피트(약274cm)로 커져 있을 때 울어서 생긴 눈물 웅덩이라는 것을 알았다. 앨리스는 눈물 웅덩이에서 빠져 나가려고 헤엄을 치며 말했다.

"그러니까 그렇게 많이 울지 않았으면 좋았을 것을…… 이제 그 벌로 내 눈물에 빠져 죽게 생겼으니, 정말 웃기는 일이지 뭐야! 그런데 오늘은 왜 괴상한 일만 생기는 거지!"

바로 그때 눈물 웅덩이 저쪽에서 무엇인가 첨벙거리는 소리가 들렸다. 앨리스는 궁금해서 그쪽으로 가까이 헤엄쳐 갔다. 처음에 그녀는 그것이 해마 아니면 하마 같은 바다동물일 거라고 생각했다. 하지만 곧 자신이 얼마나 작아졌는지를 기억해 냈고 그리고 그것이 자기처럼 미끄러져서 빠진 생쥐라는 것을 금방 알아차렸다.

"지금 저 생쥐에게 말을 걸어보면 어떻게 될까? 지금 이곳은 모든 게 정상이 아니니까, 생쥐가 말을 할 수 있을지도 모르는 일이잖아. 어쨌든 말을 걸어봐도 손해될 것은 없으니까."

앨리스는 생쥐에게 말을 건네 보았다.

"얘, 생쥐야! 이 눈물 웅덩이에서 빠져나가는 길을 아니? 얘, 생쥐야! 이곳에서 계속 헤엄을 치려니 너무 힘들구나!" (앨리스는 생쥐와 이렇게 대화하면 될 것이라고 생각했다. 생쥐와 한번도 얘기해 본 적은 없었지만 오빠의 라틴어 문법책에 '생쥐 ─ 생쥐의 ─ 생쥐에게 ─ 생쥐를 ─ 얘, 생쥐야!'라고 쓰여 있는 것을 본 적이 있었다.)

생쥐는 호기심 가득한 표정으로 앨리스를 바라보았으며 마치 작은 눈 한쪽으로 윙크를 하는 것처럼 보였다. 그러나 아무런 대꾸도 하지 않았다.

앨리스는 생각했다.

"영어를 못 알아듣나 봐. 그렇다면 정복왕 윌리엄(역주: 노르망디공, 재위 1035~1087. 1066년 교황 알렉산드르 2세의 지지를 받아 수천명의 노르만 기사를 이끌고 잉글랜드에 침입하여 노르만 왕조를 창건하여 잉글랜드의 왕이 되었다)을 따라온 프랑스 생쥐가 틀림없을 거야." (앨리스는 자신이 알고 있는 역사 지식을 바탕으로 그 이유를 설명해 보려고 했지만 어떤 사건이었는지 정확히 알지는 못했다.)

그래서 앨리스는 다시 물었다.

"위 에 마 샤뜨(내 고양이는 어디에 있니)?"

이것은 앨리스의 불어 교과서 맨처음에 나오는 문장이었다. 생쥐가 갑자기 물 속에서 펄쩍 뛰어오르더니 겁에 질린 듯 벌벌 떨었다.

앨리스는 가엾은 생쥐를 놀라게 했다는 것을 후회하며

얼른 소리쳤다.

"어, 정말 미안해! 내가 깜빡 잊었구나. 네가 고양이를 좋아하지 않는데 말이야."

생쥐는 신경질적으로 외쳤다.

"난 고양이가 싫어! 네가 나라면 고양이를 좋아하겠니?"

앨리스는 진정시키려는 듯한 어조로 말했다.

"그래 맞아. 아마, 그렇겠지. 너무 화내지 마렴. 그렇지만 너에게 우리 고양이 다이너를 보여줄 수 있으면 좋을 텐데. 네가 만약 그녀(다이너)를 만나게 되면 분명히 고양이를 좋아하게 될 거야. 그녀는 너무나 귀엽고 사랑스럽단다."

앨리스는 눈물 웅덩이에서 유유히 헤엄쳐 다니며 계속 혼잣말하듯 중얼거렸다.

"다이너는 불가에 앉아서 아주 멋있게 가르랑거리기도 하고, 침을 묻힌 앞발로 얼굴을 닦기도 하지…… 게다가 가슴에 안으면 얼마나 부드러운지 몰라…… 그리고 생쥐도 얼마나 잘 잡는지…… 아차, 미안, 미안해!"

그때 생쥐가 털들을 잔뜩 곤두세우자 앨리스는 너무나 잘못했다는 생각이 들어 다시 소리를 질렀다.

"우리, 다이너에 대해선 더 이상 얘기하지 말자. 네가 하고 싶지 않은 것 같으니까 말이야!"

쥐는 꼬리 끝까지 부들부들 떨면서 소리쳤다.

"우리라고 천만에! 내가 그런 이야기를 할 것이라고 생각하는 거야? 우리 가족들은 고양이를 싫어해. 더럽고, 수준이 낮고, 천한 것들이니까! 다시는 내 귀에 그 이름이 들리지 않게 해 주겠니!"

앨리스는 얼른 주제를 바꾸어 말을 건넸다.

"정말로 다신 안할게! 그럼 말이야 혹시 강…… 강아지는 좋아하니?"

생쥐가 잠자코 있었으므로 앨리스는 아주 다행이라는 듯 계속했다.

"우리집 근처에 아주 귀여운 강아지 한 마리가 있는데 말이야, 너에게 보여 주고 싶어! 아주 반짝반짝 빛나는 작은 눈을 지닌 테리어 종인데 길고 곱슬곱슬한 갈색 털이 그렇게 예쁠 수가 없단다! 뭔가를 멀리 내던지면 금방 달려가서 물어다 가져오기도 하고, 앉아서 저녁을 달라고도 하고, 그 외에 다 기억할 수 없을 정도로 여러 가지 재롱을 부린단다. 그 강아지의 주인은 어떤 농부 아저씨인데, 그 아저씨 말에 의하면 100파운드는 족히 주어야 살 수 있다는 거야. 생쥐라는 생쥐는 전부 잡아 죽이니까…… 어머나, 이~런!"

앨리스는 유감을 나타내며 외쳤다.

"세상에, 내가 또 너를 불쾌하게 만들었구나!"

그사이 생쥐는 앨리스에게서 가능한 멀리 도망치려는 듯 헤엄쳐 가고 있었으므로 눈물 웅덩이가 온통 출렁거렸다.

앨리스가 생쥐를 향해 아주 부드러운 목소리로 외쳤다.

"아아, 귀여운 생쥐야, 다시 돌아오렴. 네가 싫어한다면 다시는 강아지나 고양이 이야기는 하지 않을게!"

이 말을 듣고 생쥐는 몸을 돌리더니 앨리스에게로 다시 천천히 헤엄쳐 왔다. 생쥐의 얼굴은 아주 창백해져 있었으며 (앨리스는 생쥐가 성이 났기 때문이라고 생각했다.) 떨리는 목소리로 아주 낮게 속삭였다.

"그럼, 우리 같이 뭍으로 올라가자. 그리고 내 이야기를 해 줄게. 그럼 내가 왜 고양이와 강아지를 싫어하는지 이해하게 될 거야."

새를 비롯하여 다른 동물들이 뛰어들고 있어서 눈물웅덩이는 점점 혼잡해지고 있었다. 그래서 빠져나가기엔 지금이 딱 좋은 시간이었다. 물 속에는 오리, 도도새, 빨간 앵무새, 새끼독수리, 그 외에 희귀한 동물들이 첨벙거리고 있었지만 앨리스를 따라서 모두 뭍으로 헤엄쳐 갔다.

이상한 나라 동물들의 코커스 경주와 긴 이야기

그것은 정말 기묘해 보이는 모임이었다. 강둑에는 여러 동물들이 모여 있었다. 새는 깃털이 질질 끌려 더러워져 있었고 다른 동물들은 물에 젖은 털이 몸에 착 달라붙어 있었다. 그들은 전부 젖어서 물을 뚝뚝 흘리며 심기가 불편한 표정이었다.

첫번째 논의의 핵심은 어떻게 하면 몸을 말릴 수 있느냐는 것이었으며 그것에 대해 서로 의견을 나누었다. 차츰 시간이 흐르면서 앨리스는 마치 오래 전부터 알고 있었던 것처럼 그들과 함께 이야기를 나누는 것이 아주 자연스럽게 느껴졌다. 실제로 빨간 앵무새와는 아주 길게 논쟁을 벌여야 했는데 결국에는 아주 샐쭉하게 토라져 버린 빨간 앵무새가 이렇게 말했다.

"내가 너보다 나이가 더 위란 말이야. 그러니 당연하게도 내가 더 많이 알아."

그러자 앨리스는 빨간 앵무새의 나이가 많은 것을 어떻게 알겠느냐며 승복하려 하지 않았다. 그리고 빨간 앵무새가 자신의 나이를 밝히는 것을 강력하게 거절했기 때문에 더 이상 토론이 진전되지 않았다.

마침내 그곳에 모인 동물들 중에서 약간 권위가 있어 보이는 듯한 생쥐가 말을 꺼냈다.

"모두들 앉아. 그리고 내 말을 들어! 내가 곧 너희들의 몸을 말려 줄 테니까!"

그 말에 그들은 즉시 생쥐를 중심으로 빙 둘러 앉았다. 앨리스는 빨리 몸을 말리지 않으면 독감에 걸릴 것 같았으므로 걱정스럽게 그들을 지켜보았다.

생쥐가 아주 엄숙하게 말을 시작했다.

"에헴! 준비들 됐지? 이건 내가 알고 있는 이야기들 중에서 가장 건조한(driest)(역주: 물에 젖어 있는-wet 동물들을 무시무시하게 만들어 몸을 말려줄-dry 이야기를 해준다는 뜻) 이야기란다. 모두들 잘 들어봐! 정복왕이라 불리는 윌리엄은 교황의 후원을 받아서, 지도자를 필요로 하고 있던 영국인을 아주 쉽게 정복해 버렸지. 그리고 그들은 약탈과 정복에 익숙해져 버렸어. 머시아와 노섬브리아 왕국의 공작이었던 에드윈과 모카는⋯⋯ "

빨간 앵무새가 몸을 부들부들 떨었다.

"어휴!"

생쥐는 불쾌하다는 듯이, 그러나 아주 점잖게 물었다.

"뭐라고! 뭐라고 말했니?"

빨간 앵무새가 서둘러 답을 했다.

"아니야, 난 아무 말도 안했어!"

생쥐가 말했다.

"난 또, 네가 무슨 말인가를 했다고 생각했는데…… 그럼
이야기를 계속할까. 머시아와 노섬브리아 왕국의 공작인 에
드윈과 모카는 윌리엄 왕을 지지했으며 애국심이 강한 캔터

베리 대주교 스티갠드조차 그렇게 하는 것이 현명하다는 것을 발견했……"

오리가 말했다.

"무엇을 발견했다는 거니?"

생쥐가 뾰루퉁하게 되풀이해서 말했다.

"그것을 발견했단 말이야. 넌 물론 '그것이' 무엇인지 알걸."

오리가 말했다.

"내가 무엇인가를 발견했다면 '그것이' 무엇인지 충분히 알겠는데…… 그러니까 내가 발견한 것이라면 대개 개구리 아니면 지렁이일 텐데. 문제는 대주교가 발견한 것이 무엇이었느냐는 말이야."

생쥐는 오리의 말을 못들은 척 서둘러 이야기를 다시 계속했다.

"……에드거 애슬링과 함께 윌리엄을 만나 그에게 왕위를 수여하는 것이 현명한 일이라는 것을 발견했지. 정복왕 윌리엄 1세는 처음에는 온건주의자였어. 그러나 윌리엄의 부하들인 노르만인들의 오만함은……"

생쥐는 이야기 중간에 앨리스를 돌아보며 말했다.

"아가씨, 이제 좀 나아졌어요?"

앨리스는 여전히 우울한 어조로 대답했다.

"여전히 흠뻑 젖어 있어요. 당신이 해주는 이야기로는 전혀 몸이 마르지 않을 것 같은데요!"

도도새가 일어나며 아주 진지하게 말했다.

"이런 경우에는 회의를 중지하고 좀더 효과적인 대응책을 찾아야 한다고 생각해요. "

나이 어린 독수리가 말했다.

"영어로 말해 주세요! 난 그렇게 긴 단어는 거의 알아듣지 못하겠어요. 게다가 당신의 말은 더더욱 믿을 수가 없군요!"

나이 어린 독수리는 웃음을 보이지 않으려고 머리를 조아렸고 다른 몇몇 새들은 눈에 띄게 킥킥거렸다.

도도새가 성이 난 어조로 말했다.

"그러니까, 내가 하고 싶은 말은 몸을 말리기에는 코커스 경주가 가장 좋다는 말이지요."

앨리스가 물었다.

"코커스 경주가 어떤 것인데요?"

앨리스는 코커스 경주가 어떤 것인지 알고 싶지 않았지만 누군가가 코커스 경주가 무엇이냐고 물어 보겠지라고 생각했지만 도도새가 잠시 말을 멈추었는데도 아무도 물어보려고 하지 않았기 때문에 그렇게 물었던 것이다.

도도새가 말했다.

"그러니깐, 코커스 경주가 어떤 것인지는 직접 해보는 것이 가장 좋아요." (추운 겨울날 ─ 몸을 훈훈하게 하고 싶어서 ─ 독자 여러분들도 코커스 경주를 해보고 싶을지 모르니까, 도도새가 어떻게 했는지 이야기해 주도록 하겠다.)

도도새는 우선 달리기 코스를 원모양으로 그었다. ('정확하게 둥근 원이 아니라도 상관없어요'라고 말하면서) 그리고 둥근 원을 따라 여기저기에 동물들을 늘어서게 했다. '하나, 둘, 셋, 출발!'이라는 신호는 없고 달리고 싶을 때 달리기 시작하여 쉬고 싶을 때 쉬는 것이었다. 그러므로 경주가 언제 끝날지 알 수는 없는 일이었다. 그러나 30분 정도 뛰고 나니 몸이 완전히 말라 있었다. 그때 갑자기 도도새가 외쳤다.

"경주 끝!"

그들은 전부 도도새를 중심으로 모여들며 헐떡거리며 물었다.

"도대체 누가 이긴 거야?"

그것은 도도새조차도 오래 생각을 해보지 않고는 대답할 수 없는 질문이었다. 도도새는 오랫동안 손가락을 이마에 대고(셰익스피어의 초상화에서 익히 보았던 포즈로) 앉아 있었다. 그리고 나머지 동물들은 조용히 기다렸다. 마침내 도도새가 입을 열었다.

"모두 다 이긴 거야. 그러므로 모두 상을 타야 돼."

그러자 그들은 똑같이 합창을 했다.

"그런데 상은 누가 주는 거지요?"

도도새는 손가락 하나로 앨리스를 가리켰다.

"말할 필요없이 저기 저 아가씨지."

전부 앨리스 주변으로 모여들면서 소란스럽게 외쳐댔다.

"상을 줘! 상을 줘!"

앨리스는 어떻게 해야 좋을지 몰라 난처한 표정으로 호주머니에 손을 넣어 보았다. 그리고 컴핏(사탕 종류) 한 통(다행히 소금물에 젖지는 않았다)을 꺼내 상으로 나눠 주었다. 정확하게 한 사람에게 하나씩 돌아갔다.

생쥐가 말했다.

"당연히 저 아가씨도 상을 받아야겠지요!"

도도새가 아주 진지하게 대답했다.

"물론이지."

그리고 앨리스를 돌아보며 계속 물었다.

"호주머니에 또 무엇이 들어 있지요?"

앨리스는 유감스럽다는 듯이 말했다.

"골무 하나뿐인데요."

도도새가 말했다.

"그것을 이리 주세요."

그들은 다시 한번 앨리스 주위로 모여들었다. 도도새가
아주 엄숙하게 골무를 건네며 말했다.

"이 품위있는 골무를 받아 주겠습니까?"

이렇게 짧게 연설을 끝내자 모두들 환호했다.

앨리스는 모든 일들이 참으로 어처구니 없다는 생각이
들었지만 그들이 너무나 진지해 보였기 때문에 결코 웃을

수는 없었다. 그리고 무슨 말을 해야할지 몰랐으므로 얼른 한 발을 뒤로 빼고 가볍게 인사를 한 다음, 최대한 엄숙한 표정으로 골무를 받았다.

그런 다음 다들 컴핏을 먹기 시작했다. 컴핏을 먹는 동안 약간 시끌시끌하고 혼잡했다. 큰 새들은 자기들 입맛에 맞지 않는다고 투덜거렸고 작은 새들은 목에 걸려 등을 두드려 주어야만 했다. 그러나 마침내 소동은 가라앉았고 모두들 다시 둥그렇게 모여 앉은 다음 생쥐에게 이야기를 더 해 달라고 요청했다.

앨리스가 말했다.

"당신의 이야기를 해 준다고 약속하지 않았어요?"

그리고 생쥐가 또 화를 낼까봐 두려웠으므로 아주 작은 목소리로 속삭였다.

"그리고 당신이 왜 '고양……'와 '강아……'를 싫어하는지를 말이에요."

생쥐는 앨리스를 돌아보며 한숨을 내쉬었다.

"내 이야기(tale)는 길고 슬픈 이야기란다."

앨리스는 생쥐의 꼬리를 내려다보며 약간 불가사의한 표정으로 말했다.

"당신 꼬리(tail)(역주: 이야기tale를 발음이 유사한 꼬리tail로 잘

못 알아듣고 있다)가 진짜 길기는 길군요. 그런데 꼬리가 왜 슬프다고 말하는 거죠?"

그리고 앨리스는 생쥐가 자기 이야기를 하는 동안에 이 수수께끼 같은 말을 줄곧 생각하다가 생쥐의 이야기를 이렇게 정리했다.

분노의 여신(퓨리)이 자신의 집에서 만난 생
쥐에게 이렇게 말했어. '우리 함께 재판
소를 가는 거야. 내가 너를 고소할
거란다. 그러니 가자, 어쩔 수
없는 일이야. 우리는 재
판을 해야만 한단다.
게다가 난 오늘 아침엔 그
일 외에 달리 할일이 없단
다.' 생쥐가 분노의 여신에게
이렇게 말했다. "여신님이시
여! 배심원도 판사도 없는
그런 재판은 쓸데 없는
일이랍니다."
고약하고 늙은 분노
의 여신이 대답
했다.
"내가 이 사건
을 모두 맡아
처리할 거란
다. 그리고
너에게
사형을
언도
할
것이
야.

생쥐가 앨리스를 향해 호통을 치듯 말했다.

"내 이야기를 안 듣고 무슨 생각을 하고 있는 거니?"

앨리스는 아주 겸손하게 대답했다.

"정말 미안해요. 다섯 번이나 구부러진 거죠?"

몹시 화가 난 생쥐가 신경질적으로 소리를 질렀다.

"아니야(not)!"

앨리스가 말했다.

"매듭(knot)(역주: 생쥐의 이야기를 구불구불 구부러지는 꼬리처럼 상상하고 있던 앨리스가 'not;아니야'를 'knot;매듭'으로 잘못 알아듣고 있다)처럼 꼬였다는 것인가요!"

언제든지 다른 사람들을 도울 준비가 되어 있는 앨리스는 안타까운 표정으로 생쥐 주변을 둘러보며 말했다.

"어, 어디가 어떻게 되어 있는데요. 내가 풀어줄께요!"

생쥐가 대답했다.

"난 그런 짓은 하지 않아."

그리고 생쥐는 일어서서 저쪽으로 가면서 말했다.

"어떻게 그런 말도 안되는 소리로 나를 모욕할 수가 있어!"

가여운 앨리스가 간청하듯이 말했다.

"그런 뜻이 아니에요! 당신은 왜 그렇게 화를 잘내는 거지요!"

생쥐는 대답은 하지 않고 대꾸를 하듯 찍찍거리기만 했다.

앨리스가 생쥐를 불렀다.

"제발 다시 돌아와 줘요. 그리고 나머지 이야기를 해주세요!"

다른 동물들도 모두 함께 외쳤다.

"그래, 빨리 해 줘요!"

그러나 생쥐는 짜증스럽다는 듯이 고개를 흔들며 더 빨리 걸어갈 뿐이었다.

생쥐가 완전히 사라져 버리자 빨간 앵무새가 한숨을 내쉬었다.

"딱하게도 이곳에 머물고 싶지 않은가봐!"

늙은 게는 딸에게 말할 기회를 얻었다는 듯이 입을 열었다.

"거봐라, 애야! 너도 저렇게 이성을 잃고 화를 내면 안된다는 걸 알겠지!"

나이 어린 게가 약간 퉁명스럽게 대답했다.

"엄마, 듣기 싫어요! 참을성 많은 굴이라 할지라도 엄마의 잔소리는 견딜 수 없을 정도예요.”

그때 앨리스가 특별히 누군가에게 말한 것은 아니지만 큰소리로 외쳤다.

“우리 다이너가 여기 있었다면…… 그럼 저 생쥐를 당장 다시 데려왔을 거야!”

빨간 앵무새가 물었다.

“그런데 말이에요, 다이너가 대체 누구인지 물어봐도 될까요?”

앨리스는 아주 성실하게 대답을 해주었다. 앨리스는 언제나 자신의 고양이에 대해 이야기하는 것을 좋아했다.

“다이너는 우리 고양이란다. 우리 고양이가 얼마나 생쥐를 잘 잡는지 넌 상상도 못할 거야! 그리고 또 새를 쫓아다니는 것을 네가 볼 수만 있으면 정말 좋을 텐데! 새가 눈에 띄는 대로 붙잡아 삼켜 버리거든!”

이때 동물들이 크게 술렁거리기 시작했다. 몇몇 새는 서둘러 날아가 버렸고 늙은 까치 한 마리는 아주 조심스럽게 몸을 감싸며 중얼거렸다.

“이제 정말 집으로 돌아가야겠다. 밤 공기는 목에 좋지 않거든!”

카나리아도 떨리는 목소리로 아기 카나리아들에게 소리

쳤다.

"가자, 얘들아! 이제 잠자리에 들 시간이야!"

여러 가지 핑계를 대고 동물들이 모두 떠나버리고 앨리스는 혼자 남았다.

앨리스가 침울하게 중얼거렸다.

"다이너에 대해선 이야기하지 말걸. 이 아래 동네에서는 아무도 다이너를 좋아하지 않는 것 같아. 다이너는 이 세상에서 가장 예쁜 고양이란 말이야! 아, 귀여운 다이너! 너를 다시 볼 수는 있을까?"

앨리스는 갑자기 외롭고 슬퍼져서 다시 울음을 터뜨렸다. 그런데 조금 후, 먼곳에서 총총하게 걷는 듯한 발자국 소리가 아주 조그맣게 다시 들려왔다. 앨리스는 생쥐가 마음을 바꿔 자신의 이야기를 마저 끝내려고 돌아오는 것이려니 생각하며 그쪽을 열심히 지켜보았다.

흰토끼 일행이 꼬마 빌을 내려보내다

천천히 발자국 소리를 내며 다시 돌아오고 있는 것은 흰토끼였다. 토끼는 뭔가를 잃어버린 듯 불안하게 주변을 둘러보면서 중얼거렸다.

"공작부인! 공작부인! 오, 내 발들과 부드러운 털 그리고 수염들이 가여워서 어떻게 하나! 공작부인은 틀림없이 날 처형시키려 들 거야. 그것은 (족제비가 족제비인 것처럼) 확실해! 도대체 그것들을 어디에서 떨어뜨린 것일까?"

앨리스는 언뜻 토끼가 부채와 흰색 가죽 장갑을 찾고 있다는 생각이 들었다. 아주 착한 앨리스는 그것들을 찾으려는 듯 여기저기 둘러보기 시작했다. 그러나 장갑과 부채는 어디에도 보이지 않았다. 게다가 앨리스가 눈물 웅덩이에 빠진 뒤로 모든 것이 변해 있었다. 유리 탁자와 작은 문이 있던 커다란 홀도 아주 깨끗하게 없어져 버렸다.

토끼는 여기저기 둘러보고 있는 앨리스를 금방 알아보고

약간 화난 어투로 소리쳤다.

"아니, 메리 앤 아니냐! 이곳에서 무얼 하고 있는 것이냐? 얼른 집으로 뛰어가서 장갑과 부채를 가져오너라! 얼른, 지금!"

앨리스는 깜짝 놀라서 뭔가 착오를 일으킨 것이라고 해명할 새도 없이 토끼가 가리키는 방향으로 달려갔다.

"나를 자기의 하녀라고 생각한 것이 틀림없어."

앨리스는 뛰어가면서 중얼거렸다.

"내가 누군지를 알면 얼마나 놀랄까! 그런데 장갑과 부채를 먼저 갖다 주는 게 좋겠어. 찾을 수만 있다면……"

이런 말을 할 때쯤 앨리스는 아주 깨끗한 작은 집 앞에 도착했다. 문에 '흰토끼'라는 이름이 새겨진 찬란한 황동 문패가 걸려 있었다. 앨리스는 노크도 하지 않고 집 안으로 들어갔다. 진짜 메리 앤과 마주쳐서 장갑과 부채를 찾기도 전에 되돌아나오게 될까봐 두려웠기 때문에 서둘러 이층으로 올라가며 중얼거렸다.

"토끼의 심부름을 하게 되다니 정말 별 괴상한 일도 다 있군! 다음에는 다이너가 나에게 심부름을 시키려고 할지도 모르겠어!"

그러면서 앞으로 또 일어날지도 모를 일들을 상상하기

시작했다.

"'앨리스 양! 빨리 와서 산책할 준비를 해 줘요!' '금방 갈 게요, 유모! 하지만 다이너가 돌아올 때까지 이 생쥐구멍을 지켜야 해요. 생쥐가 도망치지 못하도록 지켜 봐야 해요.'"

앨리스의 상상은 계속되었다.

'다이너가 그렇게 사람들에게 명령을 하려들면 사람들은 다이너를 집에 두려고 하지 않을 거야!'

이런 상상을 하는 사이에 앨리스는 아주 정돈이 잘된 작은 방으로 들어섰다. 창가에 탁자가 놓여 있고 (앨리스가 짐작했던 대로) 탁자 위에 부채 하나와 작은 흰색 가죽 장갑 두세 켤레가 놓여 있었다. 그녀가 부채와 장갑 한 켤레를 집어들고 방을 막 빠져 나오려는데 거울 옆에 작은 병 하나가 놓여 있는 것이 보였다. 이번에는 '나를 마셔요'라는 라벨이 붙어 있지 않았지만 그녀는 코르크 뚜껑을 열고 입술에 갖다 댔다. 그리고 중얼거렸다.

"무엇을 먹거나 마실 때면 반드시 재미있는 일이 생겼으니까, 이 병 속의 것을 마셔도 그렇게 되는지 한번 볼까. 이것으로 다시 키가 자라게 되면 좋을 텐데. 이렇게 작아져 버린 것도 이제는 피곤해!"

그런데 정말로 그렇게 되었다. 그녀가 생각한 것보다 훨

53

씬 빨리 일이 일어났다. 반병을 마시기도 전에 머리가 천장에 닿아 버린 앨리스는 고개가 부러지지 않도록 얼른 몸을 굽혀야 했다. 앨리스는 후다닥 병을 내려놓고 중얼거렸다.

"이 정도면 됐어. 더 이상 커지지 않았으면 좋겠는데. 이 상태라면 문을 빠져 나갈 수 없을지도 몰라. 너무 많이 마시지 않았다면 좋았을 걸!"

가엾은 앨리스! 그렇지만 너무 늦어 버렸다! 앨리스는 계속 키가 커져서 마침내 바닥에 무릎을 꿇어야 했으며, 조금 후에는 그 방에서는 그렇게 할 수도 없을 정도였다. 그래서 앨리스는 한쪽 팔꿈치는 문에 기대고 다른 팔로는 머리를 감싸고 어떻게 하든 바닥에 드러누워 보려고 했다. 하지만 여전히 그녀의 키는 계속해서 자랐으므로 최후의 수단으로 한쪽 팔은 창문 밖으로 내밀고 한쪽 발은 굴뚝 속으로 들이밀며 중얼거렸다.

"이제는 어떤 일이 생겨도 방법이 없어. 난 어떻게 되는 걸까? "

그러나 다행스럽게도 작은 마술의 병은 더 이상 효과를 발휘하지 않고 멈추었고 앨리스의 키는 더 이상 자라지 않았다. 그러나 여전히 불편했고 다시는 방을 빠져나갈 기회가 없을 것 같아 슬퍼졌다.

　가엾은 앨리스는 생각했다.

　"집에 있었을 때가 훨씬 더 재미있었어. 집에서는 커지지도 작아지지도 않았고, 생쥐나 토끼의 심부름 따위는 하지 않았을 텐데. 그 토끼 굴로 들어가지 말았어야 했는데…… 하지만…… 이렇게 살아보는 것도 흥미있는 일이야! 앞으로 또 어떤 일이 내게 일어나는 걸까? 동화책을 읽을 때 어떻게 그런 일들이 일어날 수 있는지 상상이 안되곤 했는데, 지금 내가 바로 그런 상상의 현장에 실제로 있다니! 내 얘기는 책으로 쓰여져야 할 것 같아. 정말 그래! 다음에 내가 크면 책 한 권 써야 할지도 모르겠어. 그런데 지금 거의 다 자랐는데…… "

앨리스는 너무 애석하다는 듯 덧붙였다.

"최소한 여기 이 방에서는 더 이상 자라지 않겠지."

그리고 앨리스는 다시 생각에 잠겼다.

"그런데 이제 지금보다 더 나이를 먹지는 않겠지! 그렇다면 절대로 늙지는 않을 테니…… 그건 정말 신나는 일이잖아. 그런데 공부는 매일 해야 하는 걸까! 아, 그건 싫은데!"

앨리스는 스스로에게 대답도 했다.

"에이, 바보 같은 앨리스야! 이곳에서 어떻게 공부를 하겠어? 이 방은 너 외에는 더 이상 들어올 자리도 없고 책은 또 어디에 놓을 거니!"

앨리스는 처음에는 이쪽에서 다음에는 저쪽에서, 마치 서로 대화를 하듯이 계속 중얼거렸다. 그런데 몇 분 후, 밖에서 어떤 목소리가 들려왔다. 앨리스는 입을 다물고 귀를 기울였다.

"메리 앤! 메리 앤! 장갑을 당장 가져오란 말이야!"

그리고 총총걸음으로 계단을 올라오는 발소리가 조그맣게 들렸다. 앨리스는 토끼가 자신을 찾으러 오고 있다고 생각했다. 그리고 자기가 지금 토끼보다 거의 천 배는 크다는 사실을 완전히 잊고 있었다. 따라서 토끼를 두려워해야 할 이유가 없는데도 집안이 흔들리도록 부들부들 떨었다.

이윽고 이층으로 올라온 토끼가 문을 열려고 했다. 문은 안쪽으로 밀어서 열어야 하는데 앨리스의 팔꿈치가 반대쪽을 누르고 있었기 때문에 그렇게 해봐야 소용이 없었다. 앨리스는 토끼가 중얼거리는 소리를 들었다.

"그렇다면 뒤쪽으로 돌아가서 창문으로 들어가야지."

앨리스는 속으로 생각했다.

"아마 그렇게 할 수 없을 걸!"

앨리스는 토끼가 창문 바로 아래쪽에 이르렀다고 예상되는 순간까지 기다렸다. 그리고 순식간에 손가락을 펼쳐 토끼를 낚아채려 했다. 아무것도 잡히지는 않았으나 조그만 비명소리와 떨어지는 소리, 그리고 와장창 유리 깨지는 소리가 들려왔다. 그 소리로 미루어 생각컨대 토끼가 오이를 재배하는 하우스 유리창 위로 떨어진 것이 분명했다.

그런 다음 아주 화가 난 목소리가 들렸다. 토끼였다.

"패트! 패트! 어디에 있어?"

그러자 처음 듣는 새로운 목소리가 들려왔다.

"예, 여기 있어요. 사과를 캐고 있습니다, 주인님!"

토끼는 성이 나서 말했다.

"정말로 사과를 캐고 있다는 거야! 얼른 이곳으로 와서 나를 도와줘!" (유리 깨지는 소리가 계속 들렸다.)

"그런데, 패트. 유리창에 보이는 저것이 무엇일까?"

"네, 팔입니다. 주인님!" (패트는 팔을 '파~알'이라고 발음했다.)

"팔이라고, 이런 바보 같으니라구! 저렇게 큰 팔을 본 적이 있어? 유리창이 가득찰 정도잖아, 응!"

"그렇군요, 주인님. 그런데 어쨌거나 팔인데요."

"좋아, 아무래도 좋으니, 얼른 가서 치워버려!"

그리곤 잠시 동안 아주 조용했다. 가끔 속삭이는 듯한

소리만 들려왔다.

"정말이지 그렇게는 할 수 없어요, 주인님. 절대로! 절대로!"

"내가 하라는 대로 하란 말이야, 이 겁쟁이야!"

마침내 앨리스는 다시 한 번 손을 확 펼쳐서 허공을 낚아챘다. 이번에는 두 종류의 작은 비명소리가 들려왔고 유리 깨지는 소리가 더 크게 들려왔다.

앨리스는 생각했다.

"오이 하우스가 아주 많이 있는 걸까! 이번에는 무슨 일을 벌이려는 것일까? 제발, 나를 창문 밖으로 끌어내주면 좋을 텐데! 이곳에서는 더 이상 머물고 싶지 않은데……!"

그후 한동안 아무 소리도 들리지 않았으므로 앨리스도 잠시 기다렸다. 마침내 작은 수레바퀴 구르는 소리가 나면서 몇몇이 서로 이야기하는 소리가 들려왔다.

"다른 사다리는 어디에 있어?"

"왜, 하나밖에 안 가져왔어. 빌이 다른 사다리를 가지고 있을 텐데. 빌! 그것을 이리 가져다 줘! 여기 코너에 잘 세워 봐! 아냐, 먼저 두 개를 이어야겠는걸. 아직 반도 올라가지 못했잖아. 아! 그거라면 잘할 수 있어. 특별한 일이 아니야. 빌! 이 끈을 잘 잡아. 지붕이 견뎌낼까? 헐거운 슬레이트를 조심해. 어, 떨어진다! 머리들 비켜! (깨지는 소리가 크게 들렸다) 이제 누가 하지? 내 생각엔 빌이 적당해. 누가 굴뚝으로 들어갈 거야? 나는 못해요. 네가 들어가! 난 절대로 그건 못해! 빌이 내려가. 어이, 빌! 주인님은 네가 굴뚝으로 내려가는 게 좋겠다고 하네!"

앨리스가 중얼거렸다.

"아, 이제 빌이 굴뚝 속으로 들어오는 걸까? 왜, 빌에게 모든 것을 맡기려는 것일까! 난 아무리 돈을 많이 줘도 빌처럼 하지 않을 거야. 이 벽난로는 너무 좁아. 그렇지만 발로 차 버릴 수 있을 것 같아!"

앨리스는 가능한 발을 굴뚝 속으로 쭉 밀어넣고 머리 위로 작은 동물(어떤 종류의 동물인지 알 수는 없었지만)이 사각사각 기어내려오는 소리가 들릴 때까지 기다렸다.

"드디어 빌이 왔구나."

앨리스는 중얼거리면서 발을 세차게 내지른 다음 무슨일이 일어날지 기다렸다. 처음에는 여러 사람이 외치는 소리가 들렸다.

"저기 빌이다!"

그때 토끼 혼자 외치는 소리가 들려왔다.

"울타리 옆에 있는 사람이 빨리 그를 받아!"

그리고 잠시 침묵이 흐르더니 다시 시끄럽게 떠드는 소리가 들려왔다.

"고개를 들어, 자, 여기 브랜디야. 숨이 막히지 않게 해!"

"어이, 친구 좀 괜찮은 거야? 도대체 무슨 일이 일어난 것인지, 얘기를 좀 해봐!"

아주 희미하게 꺼억꺼억 우는 소리가 났다. (앨리스는 '빌'이 분명하다고 생각했다.)

"나도 잘 모르겠어요…… 이제 살 것 같아요. 고맙습니다. 이제 나아졌어요. 너무 어리둥절해서 뭐라 할 말이 없어요. 그저 용수철 같은 장난감이 나타나서 나를 불꽃처럼 쏘아 올렸다는 것밖에 모르겠어요."

다른 동물들이 말했다.

"그래, 이 친구야, 당신 날았어!"

토끼가 말했다.

"집에 불을 질러야 할 것 같군."

그러자 앨리스가 마구 소리를 질렀다.

"불을 내기만 해봐, 다이너를 네게 보낼 테야!"

순식간에 아무 소리도 나지 않았다.

앨리스는 다시 혼자 생각했다.

"이제 저들이 무슨 일을 하려는 것일까? 조금만 영리하다면 지붕을 걷어내면 되는데……"

2~3분 후 몇몇이 다시 움직이기 시작했으며 토끼가 하는 말이 들렸다.

"먼저 한 수레 정도로 시작해 보는 거야."

"한 수레라고?"

앨리스가 이렇게 생각한 다음 순간 작은 조약돌들이 샤워물처럼 와르르 유리창으로 쏟아져 내렸다. 조약돌 중 몇 개가 앨리스의 얼굴로 떨어졌다.

"당장, 그만두게 해야지."

혼잣말을 하던 앨리스가 큰소리로 외쳤다.

"다시는 이런 짓을 하지 마!"

그러자 쥐죽은 듯이 조용해져 버렸다.

그때 앨리스는 뭔가 놀라운 일이 벌어졌다는 것을 알았다. 바닥에 떨어진 조약돌이 전부 작은 케이크로 변해 있었기 때문이었다. 앨리스의 머리에 기발한 생각이 떠올랐다.

"이 케이크 하나를 먹으면 분명히 내 키가 변할 거야. 그리고 더 이상 커질 수는 없으므로 분명히 작아질 테지."

앨리스는 케이크 하나를 단숨에 삼켜 버렸다. 그러자 곧바로 키가 작아지기 시작했으므로 너무나 기뻤다. 문을 빠져 나갈 수 있을 정도로 키가 작아지자 앨리스는 얼른 문 밖으로 뛰어나왔다. 밖으로 나온 그녀는 작은 동물들과 새들이 무리지어 있는 곳을 발견했다. 아주 작은 꼬마 도마뱀 빌이 그들 한가운데에 있었다. 그는 기니피그 두 마리의 부축을 받으며 병에 담긴 것을 마시고 있었다. 앨리스가 나타나자 동물들이 전부 그녀를 향해 뛰어들었으므로 앨리스는 있는 힘을 다해 도망쳐 울창한 숲으로 숨어버렸다.

앨리스는 숲속을 배회하면서 중얼거렸다.

"내가 제일 먼저 해야 할 일은 내 키를 다시 원래대로 되돌리는 거야. 그 다음에는 그 아름다운 정원을 찾아야 해. 그렇게 하는 것이 가장 멋진 계획일 거야."

그것은 전혀 의심할 여지가 없이 뛰어난 계획이었으므로 아주 깔끔하고 간단하게 정리가 되었다. 그러나 문제는 그것을 어떻게 실행해야 할지에 대해서는 아무런 생각이 떠오르지 않는다는 것이었다. 앨리스는 걱정스러운 마음으로 나무들 사이를 응시하고 있었다. 그때 머리 위에서 날카롭게 짖어대는 소리가 났으므로 깜짝 놀라 위를 올려다보았다.

아주 큰 강아지가 눈을 동그랗게 뜨고 앨리스를 내려다보며 한쪽 발톱을 슬그머니 뻗더니 앨리스를 만지려는 중이었다.

앨리스는 휘휘 휘파람을 불면서 살살 달래는 어투로 말

했다.

"헤이, 쭈~쭈, 강아지야!"

그런데 문득 이 강아지가 만약 배가 고픈 상태라면 살살 어른다고 해도 그녀를 잡아먹으려 들지도 모른다는 생각이 들자 더럭 겁이 났다.

그녀는 어떻게 할까 생각하다가 작은 막대기 하나를 집어 강아지에게 내밀었다. 그러자 강아지는 좋다는 듯 컹컹 짖어대며 잽싸게 공중으로 뛰어올라 막대기를 물어뜯으려는 기세로 달려들었다. 앨리스는 자신을 보호하기 위해 커다란 엉겅퀴 뒤로 잽싸게 비켜 버렸다. 다른 쪽에 앨리스의 모습이 나타나면 강아지는 다시 막대기로 달려들었다. 강아지는 머리를 낮추고 허둥지둥 달려들며 막대기를 물려고 했다. 앨리스는 마치 말 놀이를 하는 것처럼 생각되었으므로 강아지의 발길이 덮칠 것 같은 순간에는 재빨리 엉겅퀴 뒤로 숨어 버렸다. 그러면 강아지는 계속 컹컹 짖어대며 막대기를 물려고 앞으로 잠깐 나섰다가 다시 뒤로 물러나기를 거듭했다. 그러더니 마침내 지쳤는지 눈을 반쯤 감은 채 혀를 쑥 내밀고 숨을 헐떡거리며 한쪽에 주저앉았다.

바로 그순간 앨리스는 도망치기 좋은 기회라고 생각하고 즉시 그곳을 빠져 나왔다. 그리고 강아지 짖는 소리가 완전히 희미해질 때까지 숨이 차고 다리가 아프도록 뛰었다.

앨리스는 미나리아재비에 기대어 서서 쉬었다. 그리고 그 잎사귀 하나로 부채질하면서 중얼거렸다.

"그런데 정말 귀여운 강아지였어! 내가 이렇게 작지만 않았다면…… 여러 가지 재주를 가르쳐 주고 싶었는데! 아, 그런데 잊어버리고 있었잖아, 키가 다시 커져야 하는데……! 어떻게 해야 하지? 뭔가를 마시거나 먹으면 될 텐데 도대체 그게 뭘까?"

'무엇을 먹어야 하는 걸까?' 정말 중대한 문제였다. 앨리스는 주변을 살펴보았다. 꽃과 풀잎사귀들이 있었지만 지금과 같은 환경에서는 도무지 먹거나 마실 수 있는 것이 아닌 것 같았다. 그런데 그녀 옆에 그녀 키만큼이나 자라 있는 버섯이 있었다. 앨리스는 버섯의 아래쪽과 양옆, 뒤쪽을 살펴본 다음 꼭대기에 무엇이 있는지도 무심코 살펴보았다.

앨리스는 발뒤꿈치를 들고 몸을 위로 쭉 뻗어 버섯 위를 둘러보았다. 그순간 버섯 위에 팔짱을 끼고 앉아 있는 푸른 빛의 큰 애벌레의 눈과 그녀의 눈이 마주쳤다. 애벌레는 긴 수연통으로 담배를 피우고 있었지만 앨리스가 아니라 그 누가 나타나도 상관없다는 듯한 태도였다.

*Alice's Adventures
in Wonderland*

수수께끼 같은 애벌레의 힌트

애벌레와 앨리스는 아무 말없이 잠시 동안 서로를 바라보고 있었다. 마침내 애벌레가 천천히 수연통에서 입을 떼며 축 늘어진 나른한 음성으로 앨리스에게 말을 걸었다.

"넌 도대체 누구니?"

처음 건네는 말치고 친근한 인삿말은 아니었다. 앨리스는 약간 겁먹은 듯이 대답했다.

"현재는 저…… 저도 잘 몰라요 선생님. 적어도 오늘 아침에 일어났을 때만 해도 잘 알고 있었는데, 그런데 지금은 제가 여러 번 바뀌었다는 생각이 들거든요."

애벌레가 아주 험상궂게 물었다.

"도대체 무슨 말을 하고 있는 거야! 설명을 잘 해봐!"

앨리스가 대답했다.

"정말 죄송한데요, 저도 저를 잘 모르겠는 걸요. 아시다시피 지금 저는 제가 아니거든요."

애벌레가 말했다.

"무슨 말인지 모르겠어."

앨리스가 아주 공손하게 대답했다.

"죄송하지만 이보다 더 자세하게 설명할 수는 없어요. 하루 동안에 여러 번 키가 바뀌어서 나도 내가 누구인지 혼란스럽기 때문이랍니다."

애벌레가 말했다.

"그럴 리가 있니!"

앨리스가 대답했다.

"아마도 당신은 아직 그런 것을 느껴보지 못했겠지만……
당신도 번데기로 변한 다음…… 알다시피 언젠가는 그렇게
될 거잖아요. 그런 다음 나비가 되니까, 당신도 약간 묘한
느낌이 들 거라고 생각되는데요 그렇지 않아요?"

애벌레가 대답했다.

"아니, 조금도 그렇게 느끼지 않는데."

앨리스가 말했다.

"아마 당신의 느낌은 약간 다를지 모르지만 내가 아주
잘 아는데요, 아주 특별한 느낌일 거예요."

애벌레가 얕잡아 보듯이 말했다.

"도대체 넌 뭐하는 애냐?"

이렇게 하여 대화는 다시 처음 시점으로 돌아갔다. 애벌
레가 아주 짧게 대꾸를 했기 때문에 앨리스는 약간 화가 났
다. 그래서 몸을 앞으로 잔뜩 내밀며 진지하게 말했다.

"내가 생각하기에는 당신이 먼저 누구인지 말해야 할 것
같은데요."

애벌레가 대답했다.

"왜?"

그러고보니 수수께끼 같은 질문이었다. 앨리스 역시 적당

한 이유를 찾아낼 수도 없었고, 애벌레도 기분이 아주 나쁜 것처럼 보였으므로 그냥 돌아서 버렸다. 그런데 애벌레가 뒤에서 앨리스를 불렀다.

"돌아와! 뭔가 중요한 말을 해줄 게 있어!"

어쩐지 좋은 이야기를 해줄 것 같은 목소리였으므로 앨리스는 돌아서서 다시 되돌아갔다. 애벌레가 말했다.

"화를 내지 말아라."

앨리스는 터져나오려는 화를 애써 삼키며 물었다.

"그게 전부예요?"

애벌레가 대답했다.

"응."

앨리스는 특별히 다른 할 일도 없고 또 어쩌면 애벌레가 들어둘 만한 좋은 말을 해줄지도 몰랐으므로 조금 기다려 보는 것도 좋겠다는 생각이 들었다. 애벌레는 잠시 동안 말 한마디 하지 않고 푹푹 담배피는 소리만 내더니 이윽고 팔 짱을 풀었다. 그리고 수연통을 입에서 내려놓고 물었다.

"그렇다면 말이야, 넌 네가 변했다고 생각하는 거지?"

"그런 것 같아요, 선생님. 내가 알고 있었던 것들도 기억 이 나지 않고…… 10분 사이에 키가 커졌다, 작아졌다 하는 걸요."

애벌레가 말했다.

"어떤 일을 기억하지 못하는데?"

앨리스는 아주 우울한 목소리로 대답했다.

"그건 말이지요, '아주 부지런한 꼬마 꿀벌'을 노래하려고 하면 전혀 다른 시를 읊게 되는 거예요."

애벌레가 말했다.

"'나이 드신 아버지, 윌리엄'을 외워 보겠니!"

앨리스는 두 손을 포개고 시를 외우기 시작했다.

젊은 아들이 말했다.

'아버지, 이제 나이도 드셨고 머리카락도 하얗지요.

그런데 아직도 계속 물구나무 서기를 하시니

그 나이에 괜찮을 거라고 생각하세요?'

아버지 윌리엄이 아들에게 대답했다.

'내가 젊었을 때에는

물구나무 서기를 하면 머리를 다칠까봐 무서웠단다.

그러나 지금은 별 탈이 없으니 계속하는 것이란다.'

아들이 말했다.

'전에도 말했지만

아빠는 나이 드셨고 살이 너무 많이 쪘어요.

그런데도 문지방에서 공중제비 넘기를 하시니,

도대체 왜 그러시는 거지요?'

지혜로운 노인이 백발을 흔들며 대답했다.

'내가 젊었을 때는 내 팔다리가 아주 유연했지.

한 상자에 1실링 하는 이 연고 때문이란다.

너도 한두 상자 사지 않겠니?'

아들이 말했다.

'아빠는 나이 드셨고 턱이 너무 약해서

비계보다 더 질긴 음식은 씹지 못할 텐데,

거위의 뼈와 부리까지 먹어 치우시잖아요.

도대체 어떻게 그럴 수 있지요?'

아버지가 말했다.

'내가 젊었을 때에 법률을 공부했지.

아내와 여러 가지를 논쟁하면서

턱의 근육이 강해졌단다.

그래서 지금까지 버티고 있는 것이란다.'

아들이 말했다.

'아빠는 나이도 드셨고 눈도 나빠져 거의 보이지 않는데

콧등에 뱀장어를 얹고도 균형을 잡을 수 있으니

어떻게 그렇게 놀라운 능력이 있는 거지요?'

아버지가 말했다.

'세 가지나 답해 주었으니 그것으로 충분하지!

그러니 잘난 척 하지 마라!

내가 그런 허튼 소리를 하루 종일 들을 거라고 생각하는 거냐?'

'당장 사라져라, 그렇지 않으면 아래층으로 차 버리겠다!'

애벌레가 말했다.

"제대로 기억하지 못하고 있군."

앨리스가 머뭇거리며 대답했다.

"그렇지만, 전부 틀렸다고는 할 수 없어요. 몇몇 단어들이 바뀌었지요."

애벌레는 거의 단정하듯이 말했다.

"처음부터 끝까지 다 틀렸어."

잠시 동안 침묵이 흘렀으나 애벌레가 먼저 입을 열었다.

"넌 키가 어느 정도가 되기를 원하는 거니?"

앨리스가 서둘러 대답했다.

"아, 키는 특별히 신경쓰지 않아요. 다만 키가 수시로 변한다면 좋아할 사람이 어디 있겠어요!"

애벌레가 말했다.

"글쎄, 그건 모르지."

앨리스는 아무 말도 하지 않았다. 이렇게 무안을 당하기는 처음이었으므로 평정심을 잃고 있었다.

애벌레가 물었다.

"지금은 만족스럽다는 말이냐?"

앨리스가 말했다.

"글쎄, 당신만 상관없다면 지금보다 조금만 더 커졌으면 좋겠어요. 3인치(약8㎝)라면 너무 초라하잖아요."

애벌레는 몸을 똑바로 세우며 화가 난다는 듯이 말했다. (애벌레의 키는 정확하게 3인치였다.)

"딱 알맞은 키 같은데 뭘 그러니!"

가여운 앨리스는 애처로운 목소리로 하소연했다.

"하지만 난 지금의 키에 익숙하지 않아요!"

그리곤 그녀는 속으로 '제발, 저 동물이 화내지 않으면 좋을 텐데……'라고 생각했다.

그런데 애벌레가 말했다.

"금방 익숙해질 거야."

그리곤 수연통을 끌어당겨 입에 물고 담배를 피우기 시작했다. 앨리스는 이번에는 애벌레가 다시 입을 열 때까지 꾹 참고 기다렸다. 2, 3분 후 애벌레는 수연통을 입에서 내려놓은 다음 하품을 한두 번 하고는 몸을 부르르 떨었다. 그리곤 버섯 위에서 내려와 풀밭으로 기어가며 짤막하게 한마디했다.

"한쪽은 커질 테지만 다른 쪽은 작아질 거야."

앨리스는 속으로 '한쪽은 무엇이고 다른 한쪽은 무엇이라는 말이지?'라고 생각했다.

애벌레는 마치 앨리스가 큰소리로 묻기라도 한 것처럼

'버~섯!'이라고 외치고는 순식간에 사라져 버렸다.

앨리스는 잠시 동안 버섯을 아주 자세히 살펴보면서 두 부분으로 나누어 보려고 했다. 그러나 버섯은 완전히 둥근 모양이었기 때문에 어려운 일이었다. 그래서 양팔을 최대한으로 둥글게 펼쳐 양손으로 가장자리를 조금씩 떼어냈다.

"그런데 어느 쪽이 어느 쪽일까?"

중얼거리던 앨리스는 어떤 효과가 있는지 알아보려고 오른손의 것을 조금 뜯어 먹었다. 다음 순간 턱 밑으로 강한 충격이 느껴졌다. 턱이 그녀의 발에 부딪혔던 것이다.

너무 갑작스러운 변화에 앨리스는 깜짝 놀랐으나 키가 급격히 줄어들고 있었기 때문에 꾸물댈 시간이 없었다. 그래서 즉시 다른 쪽의 버섯 조각을 먹어 보려고 했다. 그러나 턱이 발을 누르며 거의 붙어 있었고 방은 너무 좁아 입을 조금도 벌릴 수 없었다. 겨우 입을 벌리고 왼손에 쥐고 있던 조각을 한입 삼켰다.

***

"이제 머리가 자유로워졌어!"

앨리스가 기뻐하며 외쳤으나 다음 순간 기쁨은 놀라움으

로 변해 버렸다. 어디를 찾아보아도 어깨가 보이지 않았기 때문이다. 밑을 내려다보자, 그곳에는 아주 길게 늘어난 목만 있을 뿐이었다. 앨리스의 목은 저 아래에 바다처럼 넓게 펼쳐져 있는 푸른 나뭇잎 사이에서 뻗어나온 줄기가 기어 오르고 있는 것처럼 보였다.

"저기에 있는 파릇파릇한 것들은 도대체 무엇이지? 그리고 내 어깨는 어디로 가 버린 걸까? 아, 가엾은 내 손들, 너희들은 어디에 있니?"

앨리스는 이렇게 말하면서 그것들을 흔들어 봤지만 아무런 변화도 일어나지 않았고 저 멀리 푸른 잎들만 조금 흔들릴 뿐이었다.

손이 머리에 닿을 기미가 전혀 보이지 않자 앨리스는 머리를 푸른잎들 쪽으로 구부려 보았다. 그런데 자기 목이 마치 뱀처럼 어떤 방향으로든지 구부러진다는 사실을 알고는 깜짝 놀랐다. 목을 돌리는 데 성공한 앨리스는 이번에는 우아하게 지그재그로 구부리며 나뭇잎 사이로 들이밀었다. 그리고 그곳이 바로 저 아래쪽에서 길을 헤맬 때 올려다 보았던 나무들의 꼭대기라는 것을 알았다. 그때 어디선가 날카로운 소리가 들렸으므로 앨리스는 얼른 목을 잡아끌었다. 커다란 비둘기들이 앨리스의 얼굴로 날아와 세차게 날갯짓

하며 날카롭게 외쳤다.

"뱀이다~!"

앨리스가 무섭게 화를 내며 소리쳤다.

"난 뱀이 아니란 말이야! 날 내버려 둬!"

비둘기가 이번에는 약간 누그러진 어조로 말했다. 그리고 흐느끼듯 덧붙였다.

"뱀이 분명해! 모든 노력을 다 해봤지만 그들을 상대할 수는 없었어!"

앨리스가 말했다.

"무슨 얘기를 하는 것인지 하나도 못 알아 듣겠어."

비둘기는 앨리스의 말은 신경도 쓰지 않고 계속 말했다.

"나무 뿌리에서도 해보고, 언덕에서, 산울타리에서도 해보았는데 그 지겨운 뱀들! 뱀들을 이겨낼 방법이 없었어!"

앨리스는 더욱더 궁금해졌을 뿐이지만 비둘기가 말을 끝내기 전에는 어떤 말을 해도 소용이 없다는 생각이 들었다.

"알을 품고 있는 것도 얼마나 힘든 줄 알아? 그런데 뱀이 올까봐 밤낮으로 지켜봐야 했단 말이야! 그래서 3주 동안 거의 잠을 못 잤어!"

그제야 비둘기의 말을 이해한 앨리스가 말했다.

"그렇게 힘들었다니 정말 안됐구나."

비둘기가 더욱 날카롭게 목소리를 높이며 말했다.

"그리고 이제 막 이 숲에서 제일 큰 나무 위로 올라와, 이제야 살았구나 싶었는데, 이번에는 하늘에서 구불구불 기어 내려오다니! 어휴! 이놈의 뱀 같으니라구!"

앨리스가 말했다.

"그런데 난 뱀이 아니야! 난…… 난…… "

비둘기가 말했다.

"그래! 그렇다면 넌 뭔데? 내가 보기에 뭔가를 하려는 것 같았는데!"

앨리스는 그날 하루 동안 겪은 여러 가지 변화들을 떠올리면서 자신없는 목소리로 대답했다.

"나는…… 나는 작은 소녀일 뿐이야."

비둘기는 아주 매몰차게 말했다.

"아주 그럴 듯한 이야기야! 지금까지 아주 많은 여자애들을 보았지만, 너처럼 목이 긴 여자애는 하나도 없었어! 아니야, 아냐! 넌 뱀이야. 부인해 봐야 아무 소용 없어. 또 알(egg) 같은 것은 한번도 먹어본 적이 없다고 말할 게 뻔해!"

앨리스는 아주 정직한 아이였으므로 이렇게 말했다.

"물론 달걀(eggs)은 먹었어. 하지만 다른 여자 애들도 뱀이 먹는 것만큼이나 많은 달걀을 먹을 걸."

비둘기가 말했다.

"믿을 수 없어. 그렇지만 그게 사실이라면 다른 여자애들도 뱀이란 말이지?"

앨리스에게는 너무나 새로운 사실이었으므로 잠시 아무 말도 하지 못했다. 그 사이에 비둘기가 덧붙여 말했다.

"넌 지금 알을 찾고 있는 중이지, 나도 그 정도는 알고 있다구. 그러니 네가 여자애이건 뱀이건 그게 중요한 문제는 아니잖아?"

앨리스는 허겁지겁 말했다.

"나한테는 정말 중요한 문제란다. 난 지금 알을 찾고 있지도 않을 뿐더러 알을 찾는다 해도 네 알은 싫어. 그리고 난, 날것을 싫어해."

"그렇다면 가버려!"

비둘기는 샐쭉하게 쏘아붙이고는 둥지로 돌아가 버렸다. 앨리스는 나무들 사이로 비집고 들어가 몸을 웅크렸다. 목이 나뭇가지에 엉켜들었기 때문에 그때는 잠시 멈추고 풀어내야 했다. 잠시 후 앨리스는 아직 버섯 조각을 손에 쥐고 있다는 사실을 알았다. 그래서 아주 조심스럽게 한쪽씩 번갈아 갉아먹었다. 그리고 커지기도 하고 작아지기도 하면서 마침내 본래의 키로 돌아오는 데 성공했다.

앨리스는 본래의 키로 돌아온 것이 너무나 오랜만이라 처음에는 기분이 묘했다. 하지만 이내 익숙해졌으며 예전처럼 혼잣말을 하기 시작했다.

"그렇다면 이제 내가 세웠던 계획 중에서 반은 이룬 것이지! 이렇게 자주 바뀌다니 정말 수수께끼 같은 일이야! 몇 분 뒤에는 또 내가 어떻게 바뀔지 알 수 없는 일이야! 어찌 됐든 키는 원래 상태로 되돌아왔으니 다음은 그 예쁜 정원으로 들어가야겠지. 그런데 어떻게 해야 하는 걸까?"

앨리스가 이렇게 중얼거리고 있는데 갑자기 넓은 들판이 나타났다. 그곳에는 높이가 약 4피트(약 122㎝) 정도 되어 보이는 작은 집 하나가 있었다.

앨리스는 생각했다.

"저곳에는 누가 사는 걸까? 그런데 이렇게 큰 내가 다가가면 너무 무서워 깜짝 놀라겠지!"

그래서 왼손에 들고 있던 버섯 조각을 다시 씹어 먹기 시작했다. 그리고 키가 9인치(약 23㎝) 정도로 줄어들자 그때서야 그 작은 집으로 다가갔다.

후추 때문에 우는 아기와 돼지

앨리스는 잠시 동안 그 집을 바라보고 있었다. 그리고 이제는 무엇을 해야 하나 궁리하고 있는데 갑자기 제복 차림의 하인 한 명이 숲에서 뛰어나왔다(앨리스는 그가 제복 차림이었기 때문에 하인이라고 생각했다. 그런데 얼굴로 보아서는 물고기라고 해야 할 것 같았다). 그가 주먹으로 문을 세게 두드렸다. 그러자 마치 개구리처럼 눈이 크고 둥글둥글한 얼굴에, 제복을 입은 또다른 하인이 나타나 문을 열었다. 두 사람 모두 온통 구불구불한 머리에 파우더를 뿌리고 있었다. 앨리스는 그들이 무슨 말을 나누는지 궁금했으므로 살금살금 숲에서 기어 나왔다.

물고기 하인은 자기만큼이나 커다란 편지를 겨드랑이에 끼고 있다가 다른 하인에게 건네면서 아주 엄숙하게 말했다.

"여왕 폐하께서, 공작부인을 크로케 경기에 초대한 초대

장입니다."

개구리 하인도 아주 똑같이 엄숙하게 되풀이했는데, 단
어의 순서를 약간 바꾸었다.

"공작부인을, 여왕 폐하께서 크로케 경기에 초대한 초대
장입니다."

그런 다음 그들은 허리를 굽혀 인사를 하다가 곱슬머리
가 서로 엉켜 버렸다.

그들의 모습을 바라보던 앨리스는 웃음이 터져 나왔으나

혹시 웃음소리가 들릴지도 몰랐으므로 얼른 숲으로 되돌아 갔다. 잠시 후 다시 문 쪽을 힐끔거리며 바라보았을 때 물고 기 하인은 가버렸고 개구리 하인 혼자 문 옆의 바닥에 앉아 서 아무 생각 없이 하늘을 올려다보고 있었다.

앨리스가 살금살금 다가가 문을 두드리자 그 하인이 말 했다.

"문을 두드려 봐야 헛일이야. 두 가지 이유 때문인데, 첫 째는 내가 너와 마찬가지로 문 밖에 있기 때문이고 둘째는 안에서 너무들 시끄럽게 하고 있어서 너의 노크 소리를 들 을 수 있는 사람이 한 명도 없다는 거지."

그런데 정말이었다. 안쪽에서 굉장히 시끄러운 소리가 들 렸다. 끊임없이 외쳐대는 고함소리와 재채기소리 그리고 가 끔은 접시, 주전자 등이 산산조각 나는 듯한 격렬한 소리들 이었다.

앨리스가 말했다.

"그렇다면 어떻게 해야 들어갈 수 있을까요?"

하인은 앨리스의 말은 들은 척도 하지 않고 계속 말했다.

"우리 두 사람 사이에 문이 있다면 당연히 노크를 해야겠 지. 예를 들면 네가 안에서 문을 두드린다면 물론 나는 문 을 열어 너를 내보내 줄 거야."

하인은 이야기를 하는 동안에도 계속 하늘을 바라보고 있었으므로 너무나 예의가 없다고 생각하며 앨리스가 중얼거렸다.

"눈이 거의 머리 꼭대기에 달려 있기는 하지만 내가 묻는 말에 대답은 해줄 수 있는 것 아닐까?"

앨리스가 다시 큰 소리로 물었다.

"어떻게 해야 들어갈 수 있을까요?"

하인이 짤막하게 대답했다.

"난 내일까지 여기 앉아 있을 거야……"

그때 문이 열리더니 커다란 접시 하나가 하인의 머리 쪽으로 똑바로 날아왔다. 접시는 하인의 코를 슬쩍 스치며 지나치더니 그 뒤에 있는 나무에 부딪혀 산산조각이 났다.

하인은 마치 아무 일도 일어나지 않았던 것처럼 아까와 똑같은 어조로 계속 말했다.

"…… 아니면 모레까지일지도 모르지."

앨리스가 더욱더 큰 소리로 다시 물었다.

"어떻게 해야 안으로 들어갈 수 있을까요?"

하인이 말했다.

"넌, 정말로 들어가겠다는 거니? 그것이 첫 번째 물음이란 말이지, 응!"

앨리스는 그렇게 말하고 싶지 않았지만 맞는 말이었으므로 투덜거리며 혼잣말을 했다.

"정말 지겨워! 동물이라고 하는 것들이 전부 따지려고만 드니 정말 미칠 노릇이야!"

하인은 지금이 아주 적절한 기회라 생각되었는지 자신이 언급한 말을 약간 색다르게 다시 한번 되풀이하여 말했다.

"나는 일이 있건, 없건 매일 여기에 앉아 있을 거란다."

앨리스가 물었다.

"그럼 난 어떡하면 좋아요?"

하인이 말했다.

"하고 싶은 대로 하렴."

그리고 하인은 휘파람을 불기 시작했다.

앨리스는 자포자기하며 중얼거렸다.

"얘기를 해봐야 아무 소용이 없어. 정말 바보인가 봐!"

앨리스는 직접 문을 열고 집안으로 들어갔다.

문은 곧바로 커다란 부엌으로 연결되어 있었으며, 실내는 이쪽에서 저쪽 끝까지 연기가 가득차 있었다. 한가운데에는 공작부인이 세발 달린 의자에 앉아 아기를 돌보고 있었으며 요리사가 화덕 위로 허리를 구부리고 수프가 가득 들어 있는 것처럼 보이는 커다란 가마솥을 휘젓고 있었다.

앨리스가 재채기를 쏟아내며 혼잣말을 했다.

"저 수프에 후춧가루를 너무 많이 넣은 것이 틀림없어!"

방 안의 공기는 너무 매웠다. 공작부인은 드문드문 재채기를 했지만 아기는 계속 재채기를 하면서 쉬지 않고 울어 댔다. 부엌에서 재채기를 하지 않는 동물이라곤 요리사와 고양이뿐이었다. 고양이는 화덕 위에 앉아 입이 찢어질 정도로 웃고 있었다.

앨리스는 공작부인에게 먼저 말을 걸어도 괜찮을지를 몰라 약간 조심스럽게 물었다.

"저, 혹시 고양이가 왜 저렇게 희죽거리며 웃는지 아시나요?"

공작부인이 말했다.

"체셔 고양이(역주: 공연히 벙긋벙긋 웃는 사람을 Cheshire cat이라고 한다)이기 때문이야. 그것을 모른단 말이냐, 이 돼지야!"

공작부인이 마지막 단어를 갑자기 난폭하게 내뱉는 바람에 앨리스는 깜짝 놀랐다. 그러나 다음 순간 그건 자신에게 한 말이 아니라 아기에게 하는 말이라는 것을 알아챈 앨리스가 다시 용기를 내어 말했다.

"체셔 고양이가 언제나 벙긋벙긋 웃는다는 것은 몰랐어

요. 사실은 고양이가 웃을 수 있다는 것도 몰랐거든요."

공작부인이 말했다.

"고양이들은 전부 웃을 수 있단다. 그리고 대부분 웃고
있단다."

앨리스는 대화가 무르익고 있는 것을 기뻐하며 공손하게
대답했다.

"그것도 몰랐어요."

공작부인이 말했다.

"그렇다면 넌 거의 아는 것이 없구나."

앨리스는 이렇게 단정적인 공작부인의 말투가 마음에 들

지는 않았지만 뭔가 다른 주제를 꺼내는 것이 좋을 것 같다는 생각이 들었다. 그래서 그 생각에 골몰하고 있는데, 갑자기 요리사가 화덕 위에서 수프 솥을 내려놓고 손에 잡히는 것들을 공작부인과 아기에게 던지기 시작했다. 제일 먼저 부젓가락이 그리고 냄비와 여러 접시들이 비오듯 쏟아졌다. 공작부인은 그릇에 맞았지만 전혀 미동이 없었으며 아기는 계속 울고 있었던 터라 그릇에 맞아서 우는 것인지 아닌지, 뭐라고 말할 수가 없었다.

앨리스는 펄쩍 뛰면서 소리쳤다.

"당신, 지금 무슨 짓을 하고 있는 거예요? 오, 맙소사! 우리 아기의 코, 어쩌면 좋아!"

앨리스의 외침 소리와 동시에 커다란 냄비가 아기의 코를 베어버릴 듯 스치며 날아갔다.

공작부인이 쉰 듯한 목소리로 말했다.

"모든 사람들이 남의 일에 신경쓰지 않으면 지구는 지금보다 훨씬 더 빨리 돌아갈 텐데."

앨리스는 자신의 지식을 뽐낼 좋은 기회라 생각하며 말했다.

"그건 그다지 이로운 일이 아닌 것 같은데요. 밤과 낮을 생각해 보세요. 당신도 알고 있는 사실이지만 지구가 축

(axis)을 중심으로 한바퀴 도는 데 스물네 시간이 걸리잖아요…… ”

공작부인이 말했다.

“뭐라고, 도끼(axes)(역주: 앨리스가 말한 지구의 축axis을 공작부인이 도끼axes라는 단어로 대꾸하고 있다)라고! 그래, 저 애의 목을 쳐라!”

앨리스는 공작부인의 말을 요리사가 어떻게 알아들었는지 걱정스러운 표정으로 흘낏 쳐다보았다. 하지만 요리사는 수프를 젓느라 아주 부산했다. 전혀 귀담아 듣고 있지 않는 것처럼 보였으므로 앨리스는 계속 말했다.

“분명히 스물네 시간이 맞을 텐데. 아니면 스물두 시간인가? 난…… ”

공작부인이 말했다.

“나를 귀찮게 하지 마! 숫자는 참을 수가 없어.”

공작부인은 다시 아기를 어르면서 자장가 비슷한 노래를 불렀다. 그리고 한 소절이 끝나면 아기를 마구 흔들었다.

아기들이 재치기를 할 때면
소리를 치며 등을 쳐주는 거야.
아이들은 보채느라고

그렇게 해서 어른들을 귀찮게 하지.

(요리사와 아기가 함께 합창)
와우! 와우! 와우!

공작부인이 두 번째 소절을 부르는 동안 아기를 격렬하게
위아래로 흔들어댔으므로 가엾은 아기는 더욱 심하게 울어
댔다. 그래서 가사는 거의 알아들을 수가 없었다.

아기가 재채기를 하면
난 더 크게 소리치며 등을 두들겨 주지.
그래야 아이가 좋아하는 후춧가루를
제대로 즐길 수 있을 테니까!

(합창)
와우! 와우! 와우!

공작부인은 앨리스에게 아기를 내던지며 말했다.
"자! 괜찮다면 아기를 좀 달래봐. 난 여왕 폐하의 크로케
경기를 준비하러 가야만 하거든."

공작부인은 서둘러 방에서 나가 버렸다. 요리사가 공작부인의 뒤쪽을 향해 프라이팬을 던졌지만 살짝 빗나갔다.

앨리스는 약간 거북하게 아기를 안았다. 아기가 약간 기괴한 모습을 하고 있었기 때문인데 '마치 불가사리 같구나'라고 생각될 정도로 팔과 다리를 사방으로 뻗대고 있었다. 앨리스가 아기를 안아들었을 때 가엾은 아기는 증기기관차처럼 쿵쿵거리며 몸을 꿈지럭거렸으므로 처음에는 안고 있는 것도 힘들었다.

앨리스는 이 아기를 안을 수 있는 가장 적절한 방법(그러니까 마치 매듭을 만드는 것처럼 아기를 비틀어서 오른쪽 귀와 왼쪽 발을 꽉 조여 주면 절대로 풀어지지 않는다)을 알아낸 다음 밖으로 아기를 데리고 나갔다.

앨리스는 '이 아기를 내가 데려가지 않으면 아마 그들이 하루 이틀 사이에 죽이고 말 거야. 그러니 내버려 두고 가는 것은 살인자나 다름 없는 일이지!'라고 생각하며 '살인자'라는 마지막 단어를 큰소리로 외쳤다.

작은 아기가 대답이라도 하듯이 꿀꿀거렸다. (재채기는 멎어 있었다.)

앨리스가 말했다.

"꿀꿀거리지 마. 너와는 어울리지 않는 소리야."

아기가 다시 꿀꿀거렸으므로 앨리스는 무슨 일이 있나 싶어서 몹시 걱정스럽게 아기의 얼굴을 살펴보았다. 아기는 사람의 코라기보다는 돼지의 들창코처럼 높게 쳐들린 코로 꿀꿀거리는 것이 분명했다. 게다가 눈도 진짜 아기의 눈보다 훨씬 작아지고 있었다. 앨리스는 이런 모든 것들을 좋아할 수가 없었다.

앨리스는 이렇게 생각했다.

"징징대고 울기만 해서 이렇게 변하는 것일까……"

앨리스는 아기의 눈에 눈물이 고여 있는 것은 아닌지 다시 한번 살펴보았다.

그러나 눈물이 한 방울도 없었으므로 아주 심각해진 앨리스가 말했다.

"오오, 아가야! 네가 돼지로 변한다면 너랑 더 이상 같이 있지 않을 거야. 그러니까 잘 생각해!"

가엾은 아기는 다시 징징거렸다. (아니 꿀꿀거렸다. 사실 어느 쪽인지 분간하는 것은 불가능했다.) 두 사람은 잠시 동안 아무 소리도 내지 않고 걸어갔다.

앨리스는 문득 이런 생각이 들었다.

"이 애를 집으로 데려가려면 어떻게 해야 할까?"

그러자 아기는 더욱 더 시끄럽게 꿀꿀거렸다. 앨리스는

깜짝 놀라 아기의 얼굴을 들여다보았다. 이번에는 틀림없었다. 더 이상 말할 것도 없이 돼지가 분명했다. 앨리스는 더 이상 돼지를 안고 가는 것은 바보 같은 짓이라고 생각했다.

앨리스는 그 작은 동물을 땅에 내려놓았다. 그리고 총총히 숲속으로 조용히 사라지는 것을 바라보며 마음이 한결 가벼워져서 혼자 중얼거렸다.

"저놈이 자라면 정말 보기 흉한 아이로 자라겠지. 그렇지만 돼지라면 꽤나 잘 생긴 돼지일 거야."

그리고 자기가 알고 있는 정말 돼지와 닮은 애들을 떠올리며 중얼거렸다.

"그들을 바꿔 놓을 수 있는 방법을 딱 한 가지만 알 수 있다면 좋을 텐데……"

이때 조금 떨어져 있는 가지 위에 체셔 고양이가 앉아 있는 것을 본 앨리스는 약간 놀랐다.

고양이는 앨리스를 보고 씨익 웃기만 했다. 고양이가 순해 보이긴 했지만 발톱이 매우 길고 이빨도 아주 많았으므로 앨리스는 섣불리 대하면 안될 것이라고 생각했다.

앨리스는 고양이를 불러서 좋아할지 어떨지 몰랐으므로 조심스럽게 불렀다.

"체셔 야옹아!"

그러나 고양이는 입을 더 크게 벌리고 웃을 뿐이었다.

앨리스는 '그래, 아직까지는 기분이 좋은가봐.'라고 생각하며 계속해서 말했다.

"여기서 어느 길로 가면 좋을까?"

고양이가 대답했다.

"그것은 네가 어디로 가고 싶은가에 달려 있지."

"난 어디라도 좋아."

고양이가 말했다.

"그렇다면 어디로든 가려무나."

앨리스가 설명을 덧붙였다.

"…… 하지만 어딘가에 도착이라도 할 수 있다면."

고양이가 말했다.

"그렇구말구, 계속 걸어가면 분명히 어딘가에 도착하게 될 거야!"

앨리스도 그럴 것이라고 생각했다. 그래서 다른 것을 하나 더 물어보려고 했다.

"그곳에는 어떤 사람들이 살까?"

고양이가 오른쪽 발을 쳐들며 말했다.

"저쪽으로 가면 모자장수가 살고…… "

그리고 이번에는 왼쪽 발을 흔들며 말했다.

"저쪽 방향으로 가면 3월의 토끼가 산단다. 그들은 둘 다 미쳤으니까(역주; 영국에서는 모자장수와 3월의 토끼를 미친 사람 취급한다. 그래서 as mad as a hatter [a March hare]; 아주 미쳐서, (3월 교미기의) 토끼같이 미쳐 날뛰는' 등의 표현을 사용한다) 너 좋을 대로 아무나 찾아가 보렴."

앨리스는 짤막하게 대답했다.

"난 미친 사람들에게는 가고 싶지 않은걸."

고양이가 말했다.

"하지만 나도 그건 도와줄 수가 없어. 너와 나를 포함해서 여기 있는 우리들은 모두가 미쳤어."

앨리스가 물었다.

"내가 미쳤다는 것을 어떻게 알지?"

"넌 틀림없이 미쳤어. 그렇지 않았다면 이곳에 올 리가 없지."

전혀 인정하고 싶지 않았던 앨리스는 계속해서 물었다.

"그렇다면 네가 미쳤다는 건 어떻게 아는데?"

고양이가 말했다.

"먼저 말이야, 개는 미치지 않았지. 너도 그건 인정하지?"

앨리스가 말했다.

"그런 것 같아."

고양이가 말을 이었다.

"좋아, 그렇다면. 너도 알다시피 개는 말이야 화가 났을 때는 으르렁거리고 기분이 좋을 때는 꼬리를 흔들지. 그런데 나는 기분이 좋으면 으르렁거리고, 화가 나면 꼬리를 흔든단 말이야. 그러니까 난 미친 거야."

앨리스가 말했다.

"나는 으르렁거린다고 말하지 않고 가르랑거린다고 말하거든."

고양이가 말했다.

"너 하고 싶은 대로 해. 그런데 넌 오늘 여왕님과 크로케 경기를 할 거니?"

앨리스가 말했다.

"나도 진짜 하고 싶어. 그런데 아직 초대받지 못했어."

"그렇다면 그곳에서 다시 만나자."

이렇게 말하고 고양이는 사라져 버렸다.

앨리스는 이런 일로 이제 거의 놀라지 않았다. 그녀는 아주 신기한 일이 일어나는 것에 익숙해져 가고 있었다. 고양이가 있었던 곳을 계속 바라보고 있자 갑자기 고양이가 다시 나타났다.

고양이가 말했다.

"그런데 말이야, 아기는 어떻게 된 거야? 그걸 물어본다는 걸 깜빡 잊었어."

앨리스는 고양이가 다시 돌아온 것을 아주 자연스럽게 여기며 침착하게 대답했다.

"돼지로 변해 버렸어."

"그럴 것이라고 생각은 했어."

고양이는 이렇게 말하고 다시 사라져 버렸다.

앨리스는 고양이가 다시 나타날지도 몰라 잠깐 기다렸다. 그러나 고양이는 나타나지 않았다. 그래서 3월의 토끼가 산다는 방향으로 걸어갔다.

"모자장수들은 전에도 본 적이 있으니까, 3월의 토끼를

만나는 것이 훨씬 재미있을 것 같아. 지금은 5월이니까 적어도 3월처럼 미쳐 날뛰진 않겠지."

혼잣말을 하면서 위를 올려다 본 엘리스는 다시 나뭇가지에 위에 앉아 있는 고양이를 보았다.

고양이가 물었다.

"너, 아까 피그(pig : 돼지)라고 말했니 아니면 피그(fig : 무화과나무)라고 했니?"

엘리스가 대답했다.

"돼지라고 말했어. 그런데 말이야, 갑자기 나타났다 사라졌다 하지 말았으면 좋겠어. 머리가 어질어질해."

고양이가 말했다.

"알았어."

그리고 이번에는 꼬리 끝에서부터 아주 서서히 사라지면서 잠깐 동안 빙긋이 웃더니 완전히 없어져 버렸다.

앨리스는 '아니, 이럴 수가! 웃지 않는 고양이는 종종 봤지만, 고양이가 사라져버렸는데 빙긋이 웃는 모습만 남다니! 이렇게 이상한 일은 처음이야!'라고 생각했다.

조금 더 걸어가던 앨리스의 눈에 3월의 토끼의 집이 보였다. 앨리스는 그 집이 틀림없다고 생각했다. 귀 모양으로 만들어진 굴뚝이 있고 지붕이 털로 덮여 있었기 때문이었다. 이번에는 훨씬 큰 집이었으므로 앨리스는 왼손에 쥐고 있던 버섯을 약간 뜯어 먹었다. 그리고 2피트(약 61cm) 정도의 키가 되기 전까지는 가까이 가지 않겠다고 생각했다. 그리고 키가 커졌을 때도 더욱 조심스럽게 집 쪽으로 다가가며 중얼거렸다.

"만약 너무 놀라 미쳐버리면 어떻게 하지! 차라리 모자장수를 찾아갈 걸 그랬나!"

끝나지 않는 우스꽝스러운 티 파티

집 앞에는 나무 한 그루가 있었고 그 아래에 식탁이 하나 놓여 있었다. 3월의 토끼와 모자장수가 식탁에 앉아서 차를 마시고 있었는데 두 사람 사이에는 겨울잠쥐가 깊이 잠들어 있었다. 3월의 토끼와 모자장수는 겨울잠쥐를 쿠션 삼아 그 위에 팔꿈치를 얹고 겨울잠쥐의 머리 너머로 이야기를 나누고 있었다.

앨리스는 '겨울잠쥐가 좀 불편하겠어…… 하지만 깊이 잠들어 있으니까 아무 것도 느끼지 못하겠지'라고 생각했다.

식탁이 아주 널찍한데도 그들은 모두 한쪽 구석에 몰려 앉아 있었다. 그리곤 앨리스가 다가오는 것을 보며 소리를 질렀다.

"자리가 없어! 더 이상 자리가 없다니까!"

앨리스는 한쪽 끝에 있는 커다란 안락의자에 앉으면서 화를 내며 말했다.

"자리는 충분한 것 같은데요!"

3월의 토끼가 부드럽게 말을 건넸다.

"포도주 한 잔 하겠어요?"

식탁을 쭉 둘러보았으나 홍차 밖에 보이지 않았으므로 앨리스가 물었다.

"포도주는 안 보이는데요?"

"그렇지, 포도주는 없단다."

3월의 토끼의 대답에 화가 난 앨리스가 말했다.

"그렇다면 포도주를 권하는 건 실례가 아닌가요!"

"초대하지도 않았는데 자리에 앉는 거야말로 예의가 아니지."

"당신의 식탁인 줄은 몰랐어요. 그리고 세 사람 이상은 앉을 수 있겠는 걸요."

그때 모자장수가 입을 열었다.

"넌 머리카락를 자르는 것이 좋겠어."

그때까지 아주 신기하다는 듯 앨리스를 바라보고 있던 모자장수가 처음으로 한마디했다.

앨리스는 약간 쌀쌀맞게 대꾸했다.

"상대방의 프라이버시를 언급하는 것은 예의가 없는 짓이에요."

모자장수의 눈이 휘둥그레졌으나 그는 이렇게 대꾸할 뿐이었다.

"왜 까마귀와 책상이 똑같을까?"

앨리스는 '그렇지, 이제야 재미가 있을 것 같구나'라고 생각하면서 큰 소리로 덧붙였다.

"수수께끼라면 나도 좋아요. 틀림없이 나도 풀 수 있을 거예요."

3월의 토끼가 물었다.

"정말이야? 네가 답을 알아맞힐 수 있다는 거야?"

앨리스가 말했다.

"그럼요."

3월의 토끼가 말했다.

"그렇다면 네가 알고 있는 것만을 말해야만 한다."

앨리스가 얼른 대꾸했다.

"그럼요. 적어도 내가 말하는 것은 내가 생각한 거예요.
그러니까 둘 다 똑같은 의미잖아요."

모자장수가 말했다.

"조금도 같지 않아! 그렇게 되면 '나는 내가 먹는 것을 안
다'와 '내가 아는 것을 먹는다'가 같은 의미가 되는 셈이지!"

3월의 토끼가 덧붙였다.

"그러니까, '나는 내가 얻은 것을 좋아한다'와 '나는 내가
좋아하는 것을 얻는다'가 같은 의미가 되는 거란 말이야!"

겨울잠쥐가 잠꼬대를 하듯이 덧붙여 말했다.

"'나는 잠잘 땐 숨쉰다'와 '나는 숨쉴 땐 잠잔다'가 같은
의미가 되는 것이지."

모자장수가 말했다.

"겨울잠쥐 너에게는 두 가지 모두 같은 뜻이지."

대화는 여기에서 끊어지고 모두 아무 말없이 앉아 있었
다. 그동안 앨리스는 까마귀와 책상에 대해 아는 것을 죄다
기억해 보려고 했으나 아는 것이 많지 않았다.

모자장수가 먼저 침묵을 깨뜨리고 앨리스를 돌아보며 물었다.

"오늘이 며칠이지?"

그리고 호주머니에서 시계를 꺼내 흔들기도 하고 때때로 귀에 대보기도 하면서 불안한 표정으로 들여다보았다.

앨리스는 잠시 머릿속으로 날짜를 따져본 다음에 대답했다.

"4일이에요."

그러자 모자장수가 한심하다는 듯 소리쳤다.

"이 시계는 이틀이나 틀리잖아!"

그리고 화를 내며 3월의 토끼에게 덧붙여 말했다.

"내가 너에게 말했을 텐데 시계가 잘 돌아가려면 버터는 좋지 않다고 말이야."

모자장수가 풀이 죽어 대꾸했다.

"가장 좋은 버터였어요."

3월의 토끼가 투덜거렸다.

"그래? 그렇다면 빵부스러기가 안으로 들어간 것이 분명해. 빵칼을 사용하지 말았어야 했는데."

3월의 토끼는 시계를 꺼내 안타까운 듯이 들여다보았다. 그리곤 시계를 찻잔에 담그고 다시 들여다보았다. 그러나 처음에 언급했던 것보다 더 적합한 말이 생각나지 않았으므로 같은 말만 되풀이했다.

"가장 좋은 버터였어요."

앨리스는 무슨 일인지 궁금했으므로 3월의 토끼의 어깨 너머로 시계를 바라보며 말했다.

"정말 웃기는 시계잖아! 날짜는 표시되는데 시간은 알 수가 없어!"

모자장수가 투덜거렸다.

"뭐가 이상하다는 말이니? 그렇다면 네 시계에는 몇 년인지 표시가 되는 거야?"

앨리스가 바로 대답했다.

"물론 그렇지는 않지요. 하지만 연도라는 것은 우리 곁에 오랫동안 존재하니까, 표시되지 않아도 괜찮아요."

모자장수가 말했다.

"그건 내 시계도 마찬가지야."

앨리스는 너무나 혼란스러웠다. 모자장수는 분명히 영어로 말하고 있는데 앨리스에게는 아무 뜻이 없는 말처럼 들렸다.

그렇지만 앨리스는 아주 정중한 어조로 대답했다.

"도대체 무슨 말을 하는 것인지 잘 모르겠어요."

모자장수가 말했다.

"겨울잠쥐가 다시 잠이 들었나봐."

그리고 겨울잠쥐의 코에 뜨거운 홍차를 조금 부었다.

겨울잠쥐는 뜨거워서 고개를 흔들었으나 눈은 뜨지 못하고 이렇게 말했다.

"맞아요, 맞아. 내가 막 말하려던 참이었어요."

모자장수가 앨리스를 다시 돌아보며 물었다.

"아까 그 수수께끼는 풀었니?"

앨리스가 말했다.

"아니요. 난 모르겠어요. 답이 뭐예요?"

모자장수가 말했다.

"나도 조금도 생각나는 게 없는 것 같아."

3월의 토끼가 말했다.

"나도."

앨리스는 따분하다는 듯 한숨을 내쉬었다.

"답도 없는 수수께끼를 하느라 시간을 낭비하느니 그 시간에 다른 걸 하는 게 낫겠어요."

모자장수가 말했다.

"만약에 말이야, 네가 나 만큼이나 '시간'에 대해 잘 안다면 '시간'을 낭비한다고 말하진 않았을 거다. '시간'이 아니라, '그 사람'이라고 해야 할 걸(역주: '시간time'을 '그him'라는 대명사로 표현하고 있다).

앨리스가 말했다.

"당신이 무슨 얘기를 하고 있는지 모르겠어요."

모자장수는 고개를 꼿꼿하게 세우고 경멸하듯이 말했다.

"물론 넌 모를 수밖에! 단언하건대, 넌 그(시간)와 만나 얘기를 해본 적이 없잖아!"

앨리스가 매우 조심스럽게 대답했다.

"아마도 그렇겠지요. 하지만 음악 시간에는 '시간을 때려(역주: '박자를 맞추다'라는 표현을 쓸때 'to beat time'이라고 한다) 주어야(박자를 맞추다)' 한다는 것은 알아요."

모자장수가 말했다.

"오라, 알았다! 그래서 그(시간)가 두들겨 맞는 걸 싫어하는구나! 그러니까 말이야, 이제부터는 네가 그(시간)와 좋은 관계를 유지한다면 그(시간)는 시계를 네가 원하는 대로 해줄 수 있을 거야. 그러니까 수업이 시작되는 아침 아홉 시에 네가 시간에게 무엇이라고 속삭이기만 하면 눈깜짝할 사이에 시계 바늘을 돌려 놓을 거야! 그러면 점심을 먹는 시간인 1시 30분이 되는 거지!"

(3월의 토끼가 '지금이 그 시간이라면 좋을 텐데'라고 혼잣말로 속삭였다.)

앨리스는 심각한 얼굴로 말했다.

"그렇게만 된다면 정말 굉장한 일이지요. 그런데 그때 배가 고프지 않을지도 모르잖아요."

모자장수가 말했다.

"처음에는 그렇겠지. 그런데 네가 원하면 언제까지고 1시 30분에 맞춰 둘 수 있어."

앨리스가 물었다.

"당신이라면 그렇게 할 수 있어요?"

모자장수는 슬픈 표정으로 고개를 저으며 대답했다.

"아니. 우리는 지난 3월에 싸웠어. 너도 알겠지만 그가 미치기 바로 전에 말이야 (티스푼으로 3월의 토끼를 가리키며). 하트 여왕 폐하가 주최한 음악 경연대회에서였지. 내가 막 노래를 부르려던 참이었거든.

팔랑, 팔랑, 작은 박쥐!
거기서 무얼 하려는 거니!

"아마, 너도 이 노래를 알걸?"

앨리스가 말했다.

"비슷한 노래는 들어본 적이 있어요."

모자장수는 계속해서 노래를 불렀다.

"다음 구절은 이렇게……"

하늘 날아다니는 쟁반처럼

온세상을 날아다니네

팔랑, 팔랑~

이때에 겨울잠쥐가 몸을 부르르 떨더니 잠결에 노래를

부르기 시작했다.

"팔랑, 팔랑, 팔랑, 팔랑~ "

겨울잠쥐가 노래를 계속 불러대자 모자장수와 3월의 토끼는 노래를 그만두게 하려고 겨울잠쥐를 꼬집었다.

모자장수가 말했다.

"그런데 1절을 끝내기도 전에 여왕폐하께서 소리를 질렀어. '저놈이 시간을 죽이고 있군! 당장 저 놈의 목을 베어라!'라고……"

앨리스가 소리쳤다.

"어떻게 그렇게 야만적일 수가 있지요!"

모자장수는 풀죽은 어조로 계속 말했다.

"그 이후로 그(시간)는 내가 부탁하는 일은 하지를 않아. 그래서 언제나 여섯 시란다."

앨리스는 어떤 생각이 떠올라 모자장수에게 물었다.

"그래서 찻그릇들이 이렇게 많이 놓여져 있군요?"

모자장수는 한숨을 푹 내쉬며 말했다.

"그렇지. 항상 티 타임이기 때문에 그릇들을 씻을 짬이 없어."

앨리스가 물었다.

"그러니까 자리를 돌아가면서 앉는다는 말인가요?"

모자장수가 말했다.

"바로 그거야. 차를 마시고 나면."

앨리스가 과감하게 물었다.

"그런데 원점에서 다시 시작할 때는 어떻게 해요?"

3월의 토끼가 하품을 하면서 말을 방해했다.

"우리 다른 이야기해요. 지겨워요. 이 어린 아가씨에게 이야기 하나 하라고 하면 어떨까요? "

앨리스는 토끼의 제안에 깜짝 놀라며 말했다.

"난 아는 이야기가 하나도 없어요."

모자장수와 3월의 토끼가 동시에 외쳤다.

"그러면 겨울잠쥐에게 하라고 하자! 겨울잠쥐야, 일어나!"

그들은 양쪽에서 겨울잠쥐를 꼬집었다.

겨울잠쥐는 천천히 눈을 뜨고 아직 잠에서 깨어나지 않은 목소리로 조그맣게 말했다.

"난 잠들지 않았어요. 당신들이 하는 이야기를 전부 듣고 있었던 걸요."

3월의 토끼가 말했다.

"이야기 하나 해봐!"

앨리스도 간청했다.

"그래요, 해봐요!"

모자장수도 덩달아 말했다.

"빨리 해. 그렇지 않으면 넌 또 이야기하다가 잠들어 버릴 테니까."

겨울잠쥐가 아주 서둘러 이야기를 시작했다.

"옛날에 옛날에 세 자매가 살고 있었어요. 이름은 앨지, 레이시, 틸리였어요. 그들은 우물 바닥에서 살고 있었지요……"

먹는 것, 마시는 것에 대단히 관심이 많은 앨리스가 물었다.

"그들은 무엇을 먹고 살아요?"

겨울잠쥐는 잠깐 생각을 하더니 대답했다.

"당밀을 먹고 살았어."

앨리스가 신중하게 말했다.

"그럴 리가 없어요. 그것을 먹으면 분명히 배탈이 날 걸요."

겨울잠쥐가 말했다.

"그래 맞아. 아주 심하게 아팠단다."

앨리스는 그렇게 색다른 생활이 어떤 것인지 상상해 보려고 했지만 더욱더 혼란스럽기만 했으므로 계속해서 물었다.

"그런데 그들은 왜 우물 바닥에서 살았을까요?"

3월의 토끼가 아주 간절한 표정으로 앨리스에게 말했다.

"차를 조금 더 하겠니?"

앨리스는 톡 쏘아붙이듯 대답했다.

"아직 한 잔도 마시지 않았으니까, '조금 더 마실 수'는 없 잖아요."

모자장수가 말했다.

"한 잔도 마시지 않았으니 조금 더(more) 마실 수는 있지 만, 덜(less) 마실 수는 없다는 뜻이지, 그렇지."

앨리스가 말했다.

"누가 당신 의견을 물었어요!"

모자장수는 의기양양하게 말했다.

"지금 개인적인 감정으로 얘기를 하는 사람이 누군데 그 래?"

앨리스는 뭐라 할말이 없었으므로 버터 바른 빵과 차를 약간 먹으면서 겨울잠쥐를 돌아보며 다시 물었다.

"그런데 왜 우물 바닥에서 살았을까요?"

겨울잠쥐는 잠깐 동안 생각을 더 해보더니 대답했다.

"그건 당밀이 고여 있는 샘이었거든."

앨리스는 점점 더 화가 나서 외쳤다.

118

"그런 것은 없어요!"

모자장수와 3월의 토끼는 '쉿! 쉿!' 하며 말리려 했지만 겨울잠쥐는 골난 사람처럼 한마디 던졌다.

"얌전하게 듣지 않으려면 네가 마저 이야기를 끝내봐."

앨리스는 아주 겸손하게 말했다.

"아니에요. 계속하세요! 다신 방해하지 않을게요. 딱 한 번만 봐주세요."

겨울잠쥐가 단호하게 말했다.

"그럼 딱 한번이야!"

그리고는 이야기를 계속했다.

"그래서 그 세 자매는 길어 올리는 법을 배우고 있었 지……"

앨리스는 자신의 약속을 깜빡 잊어버리고 다시 물었다.

"무엇을 길었는데요?"

그런데 겨울잠쥐는 이번에는 생각할 여지가 없다는 듯이 대답했다.

"당밀."

그때 모자장수가 끼어들었다.

"깨끗한 잔이 있었으면 좋겠어. 그러니 한 자리씩 옆으로 옮기자."

모자장수가 자리를 옮기자 겨울잠쥐가 뒤를 따랐고, 3월의 토끼도 겨울잠쥐가 앉았던 자리로 옮겼다. 앨리스도 마지못해 3월의 토끼의 자리로 옮겨 앉았다. 자리를 옮겨서 더 좋아진 것은 모자장수뿐이었다. 방금 전에 접시에 우유컵을 엎은 3월의 토끼의 자리에 옮겨 앉은 앨리스는 더욱 나빠졌을 뿐이었다.

앨리스는 겨울잠쥐의 기분을 거스르지 않으려고 아주 조심스럽게 물었다.

"그런데 난 이해가 안돼요. 그 자매들이 어디에서 당밀을 길어요?"

모자장수가 대답했다.

"넌 물을 우물에서 길어올릴 수 있지. 그러니까 당밀은 당밀 우물에서 길어올린다고 생각하면 되잖아, 어엉, 이 바보야?"

앨리스는 모자장수의 마지막 말은 무시하고 겨울잠쥐에게 말했다.

"하지만 그들은 그 우물 속에 살고 있었잖아요."

겨울잠쥐가 대답했다.

"물론이지. 그들은 우물 속에 살았지."

겨울잠쥐의 대답에 너무나 혼란스러워진 가엾은 앨리스

는 한참동안 끼어들지 않고 그가 이야기를 계속하도록 내버
려 두었다.

"그 자매들은 길어 올리는 방법을 배우고 있었지."

겨울잠쥐는 졸리기 시작한지 하품을 하고 눈을 비비면서
이야기를 계속했다.

"그들은 여러 가지 것들을 길어 올렸어요. ─ M으로 시
작되는 모든 것들을……"

앨리스가 물었다.

"왜 M이에요?"

3월의 토끼가 물었다.

"그러면 어때서?"

앨리스는 입을 다물었다.

이때 겨울잠쥐가 눈을 감고 꾸벅꾸벅 졸려고 했으므로
모자장수가 그를 꼬집었다. 겨울잠쥐는 낮게 비명을 지르며
다시 깨어나 이야기를 계속했다.

"그러니까 M으로 시작하는, mouse-trap(쥐덫), moon(달),
memory(기억), muchness(다량) 등등을 길어 올렸어요.
그런데 넌 'much of muchness'라는 말을 알고 있니? 또
'muchness'를 길어 올리는 걸 본 적이 있어?"(역주 : 원문의
독특한 언어 묘사를 이해하기 쉽도록 원문의 단어를 그대로 실었다)

앨리스는 더욱더 혼란스러워하며 대답했다.

"사실은, 난 몰라요······ "

모자장수가 말했다.

"그렇다면 한마디도 하지 마."

너무나 무례한 어투에 앨리스는 더 이상 참을 수가 없었다. 화가 난 앨리스는 자리에서 벌떡 일어나 가버렸다. 겨울잠쥐는 금방 잠이 들었고, 나머지 둘은 앨리스가 가버린 것을 조금도 알아채지 못하고 있었다. 앨리스는 그들이 자기를 불러주기를 바라며 한두 번 뒤를 돌아보았지만 그들은 겨울잠쥐를 찻주전자에 쑤셔 넣고 있었다.

앨리스는 숲속으로 들어가 발길 닿는 대로 돌아다니며 중얼거렸다.

"어떤 일이 있어도 다시는 그곳으로 돌아가지 않을 거야! 지금까지 저렇게 우스꽝스러운 티 파티는 본 적이 없는 것 같아!"

바로 그때 안으로 들어가는 대문이 있는 나무 한 그루가 앨리스 눈에 띄었다.

'진짜 신기한 나무잖아! 오늘은 모든 게 흥미진진한 날이니까 나무 안으로 들어가는 것도 괜찮을 것 같아'라고 생각하며 안으로 들어갔다.

앨리스는 또 긴 통로를 발견했다. 그리고 바로 옆에 조그만 유리 탁자가 놓여 있는 것이 보였다.

"자, 이번에는 잘할 수 있을 거야."

앨리스는 이렇게 중얼거리며 작은 황금 열쇠를 집어들었다. 그리고 정원으로 통하는 문을 열었다. 그런 다음 (주머니에 넣어 둔) 버섯을 먹기 시작했다. 키가 1피트(약 30㎝) 정도로 줄어들자 작은 통로를 따라 걸어 들어갔다. 그리고 마침내 빛나는 꽃밭과 시원한 분수가 있는 아름다운 정원을 찾아냈다.

*Alice's Adventures
in Wonderland*

하트 여왕의 크로케 경기장

  정원으로 통하는 문에는 커다란 장미나무 한 그루가 있
었다. 나무에는 하얀 장미꽃이 피어 있었다. 그런데 정원사
세 명이 꽃들을 빨갛게 칠하느라고 아주 바쁘게 움직이고
있었다. 너무 이상하다고 생각한 앨리스는 정원사들을 관

찰해 보려고 그들에게 가까이 다가갔다. 가까이 다가갔을 때쯤 그녀는 그들 중 하나가 외치는 소리를 들었다.

"이것 봐, 파이브(5)! 물감 좀 튀지 않게 조심해!"

파이브가 볼멘소리로 말했다.

"세븐(7)이 내 팔꿈치를 치는 바람에 어쩔 수 없이 그렇게 됐어."

그 말에 세븐이 얼굴을 들어올리며 말했다.

"그럼, 그렇지. 파이브! 넌 언제나 다른 사람을 비난하지!"

파이브가 말했다.

"넌, 아무 말 하지 않는 게 좋아! 여왕이 어제 너에게 목을 쳐야 할 놈이라고 말하는 것을 들었어."

그때 처음으로 입을 연 정원사가 물었다.

"왜?"

세븐이 말했다.

"너와는 상관없는 일이야. 투(2)!"

파이브가 말했다.

"그렇지 않아. 그의 일이야! 내가 말할께. 투가 요리사에게 양파를 갖다 주어야 하는데 튤립 뿌리를 갖다 줬기 때문이야."

세븐이 붓을 내던지더니 말하기 시작했다.

"그러니까, 이렇게 불공정한 일에 대해서는 말이야……"

바로 그때 세븐의 눈길이 우연히 자기들을 바라보며 서 있는 앨리스에게서 멈췄다. 세븐이 갑자기 멈칫거리자 다른 정원사들도 돌아보았다. 그리고 그들은 전부 머리를 숙여 인사를 했다.

앨리스가 약간 조심스럽게 물었다.

"왜, 장미를 색칠하고 있는 거지요?"

파이브와 세븐은 아무 말 하지 않고 투를 쳐다보았다. 투가 아주 조그맣게 말했다.

"그게 말이지요, 아가씨. 사실은 이곳에 빨간 장미를 심었어야 했는데 실수로 하얀 장미를 심어 버렸어요. 여왕이 알게 되면 우리 목을 자르려고 할 거예요. 아가씨, 그래서 보시다시피 여왕이 오시기 전에 어떻게든 해보려고……"

걱정스럽게 정원 저쪽을 살펴보고 있던 파이브가 바로 그때 소리쳤다.

"여왕님이야! 여왕님!"

세 명의 정원사가 즉시 얼굴을 땅에 대고 엎드렸다. 여러 사람의 발자국 소리가 들려왔다. 앨리스는 여왕을 보려고 돌아보았다.

맨 앞쪽에 열 명의 병사가 창을 들고 걸어왔다. 이들은 모두 정원사와 비슷하게 생겼는데 정사각형으로 납작했으며, 네 귀퉁이에 팔다리가 달려 있었다. 그리고 그들 뒤로 신하 열 명이 따라왔다. 그들은 온통 다이아몬드로 치장하고 마치 병사들의 행렬처럼 두 사람씩 따라오고 있었다. 그 뒤로 왕자와 공주들이 따라왔다. 그들은 모두 열 명이었는데 그 사랑스러운 아이들은 서로 손을 잡고 짝을 지어 아주 즐겁게 뛰어들어왔다. 아이들은 모두 하트로 장식하고 있었다. 그 다음은 손님들이 들어왔는데 대부분 왕 또는 여왕들이었다. 앨리스는 그들 가운데에서 흰토끼를 알아보았다. 토끼는 조금 허둥대고 있었으며 어떤 말에 대해서건 미소를 보내고 있었다. 그러나 앨리스를 전혀 알아채지 못하고 그대로 지나쳤다. 그 뒤로 하트 잭이 진홍색 벨벳 쿠션 위에 놓인 왕관을 들고 왔으며 마지막으로 하트 왕과 하트 여왕의 가장 화려한 행렬이 나타났다.

앨리스는 세 명의 정원사들처럼 얼굴을 숙여야 하는지 알 수 없어 조금 망설였다. 그러한 행렬에 대한 어떤 규칙을 들어본 적도 없었고 또한 '만약 사람들이 전부 얼굴을 숙여서 행렬을 볼 수 없다면 무슨 의미가 있겠어?'라는 생각이 들었기 때문이었다. 그래서 앨리스는 그대로 서서 행렬을 기다렸다.

행렬이 앨리스의 정면으로 다가왔다. 그들은 전부 멈춰서서 앨리스를 바라보았다. 여왕이 근엄하게 하트 잭에게 물었다.

"이 아이는 누구냐?"

하트 잭은 굽신거리며 대답 대신 웃기만 했다.

"에이, 바보 같은 놈!"

여왕은 머리를 획 돌려서 앨리스를 보며 말했다.

"애야, 네 이름이 무엇이냐?"

앨리스는 아주 정중하게 대답했다.

"앨리스라고 합니다. 전하."

그리고 앨리스는 마음 속으로 중얼거렸다.

'어찌됐든 한무리의 카드들인데 두려워할 필요 없잖아!'

여왕은 장미나무 주위에 엎드려 있는 정원사 세 명을 가리키며 물었다.

"그런데 이들은 누구냐?"

그들은 전부 얼굴을 엎드리고 있었으며 등쪽의 무늬가 다른 카드들과 똑같았기 때문에 여왕은 그들이 정원사인지, 병사인지 아니면 신하인지, 세 명의 자기 자식들인지 알 수가 없었다.

앨리스가 말했다.

"제가 어떻게 알아요? 나와는 아무 관계가 없는 것들인데요."

앨리스는 대담해진 자신의 용기에 깜짝 놀랐다.

화가 나서 얼굴이 새빨개진 여왕이 한참 동안 앨리스를 맹수처럼 쏘아보다가 소리쳤다.

"당장 목을 쳐라! 쳐······ "

앨리스가 또렷한 목소리로 크게 외쳤다.

"말도 안 돼요!"

그러나 여왕은 더 이상 아무 말도 하지 않았다.

왕이 여왕의 팔에 손을 얹으며 머뭇거리듯 말했다.

"여왕이시여, 진정해요. 아직 어린애잖아요!"

그러나 여왕은 고개를 획 돌리며 더욱 화난 소리로 잭에게 명령했다.

"저것들을 모두 뒤집어라!"

하트 잭이 아주 조심스럽게 한쪽 발로 정원사들을 뒤집었다.

여왕은 날카로운 목소리로 크게 외쳤다.

"일어서!"

세 명의 정원사들은 벌떡 일어났다. 그리고 왕과 여왕, 왕자와 공주들 그리고 그외 모든 사람들에게 허리를 굽혀 인사를 하기 시작했다.

여왕이 소리를 질렀다.

"그만 해! 어지럽다!"

그리고 여왕은 장미나무를 바라보며 계속 물었다.

"넌, 여기에서 무엇을 하고 있는 것이냐?"

투가 한쪽 무릎을 꿇으며 아주 공손한 어조로 대답했다.

"여왕님, 그러니까 저희는……"

그들이 머뭇거리는 동안 장미꽃을 살펴보던 여왕이 말했

131

131

다.

"이놈들 목을 베어라!"

행렬은 가여운 정원사들을 처형시킬 병사 셋을 남기고 다시 움직이기 시작했다. 정원사들은 살려달라며 앨리스에 게 달려왔다.

"당신들을 사형당하게 할 수는 없지요!"

이렇게 말한 앨리스는 가까이에 있던 커다란 화분 속에 정원사들을 집어 넣었다. 병사 세 명이 잠깐 동안 정원사들 을 찾아다니더니 다시 조용하게 행렬을 뒤따라갔다.

여왕이 외쳤다.

"그 놈들 목을 쳤느냐?"

병사들이 큰소리로 대답했다.

"여왕님 분부대로 목들이 전부 없어져 버렸습니다!"

여왕이 소리쳤다.

"잘했다! 그런데 너 크로케 할 줄 아니?"

여왕이 앨리스에게 묻는 말이었으므로 병사들은 아무 말 하지 않고 그녀를 바라보았다.

앨리스가 소리쳤다.

"그럼요!"

여왕이 더욱 크게 소리질렀다.

"그렇다면, 따라와라!"

앨리스는 앞으로 생겨날 일을 기대하며 행렬에 합류했다.

앨리스 옆에서 누군가가 조심스럽게 속삭였다.

"오늘…… 정말 날씨가 좋지요!"

앨리스는 흰토끼 옆을 지나치고 있었다. 흰토끼는 걱정스러운 표정으로 힐끔힐끔 앨리스를 쳐다보았다.

앨리스가 말했다.

"정말 날씨가 아주 좋군요. 그런데 공작부인은 어디에 있는 거지요?"

흰토끼가 재빨리 아주 낮게 속삭였다.

"조용! 조용!"

흰토끼는 어깨 뒤쪽을 조심스럽게 살펴본 다음 발뒤꿈치를 들어서 앨리스의 귀에 입을 바짝 대고 속삭였다.

"공작부인은 사형 선고를 받았어."

앨리스가 물었다.

"뭣 때문에요(What for)?"

흰토끼가 말했다.

"'안됐다(What a pity)'라고 말했니?"

"아니요, 전혀 안됐다는 생각은 들지 않아서 '뭣 때문에요?'라고 물었어요."

흰토끼가 계속해서 말했다.

"여왕의 귀를 쳤거든……"

앨리스가 조그맣게 웃자 흰토끼가 깜짝 놀란 목소리로 속삭였다.

"오, 쉿! 여왕이 듣겠다! 공작부인이 약간 늦게 왔지. 그러자 여왕이……"

그때 벼락같이 외치는 여왕의 소리가 들렸다.

"각자의 위치로 들어가!"

모두들 사방으로 흩어지면서 뛰기 시작했으므로 서로 부딪혀 넘어졌다. 그러나 금세 모두들 자리를 잡았고 경기가 시작되었다.

앨리스는 이렇게 이상한 크로케 경기장은 처음 본다고 생각했다. 여기저기 홈이 패여 울퉁불퉁했으며 크로케 공은 살아 있는 고슴도치였으며, 크로케 채는 살아 있는 홍학이었다. 병사들은 몸을 구부리고 손발을 짚어서 아치 모양으로 서 있었다.

맨처음 앨리스에게 가장 어려운 것은 홍학을 다루는 일이었다. 그러나 팔 안쪽으로 홍학의 몸통을 편안하게 감싸 안을 수 있었으며 다리는 아래로 떨어뜨리고 홍학의 목은 똑바로 세웠다. 그리고 보통의 경기에서처럼 홍학의 머리로 고슴도치를 딱 치려고 했다. 그런데 홍학이 고개를 비틀더니 이상하다는 듯이 앨리스의 얼굴을 쳐다 보았으므로 웃음을 터뜨리지 않을 수 없었다.

홍학의 머리를 아래로 구부려 다시 공을 치려는 순간, 이번에는 그동안 몸을 둥글게 말고 있던 고슴도치가 몸을 펼치고 걸어가 버리는 우스운 상황이 되어 버렸다. 게다가 고슴도치를 칠 수 있는 순간이 와도 곳곳이 울퉁불퉁했으며, 몸을 구부리고 있던 병사들이 일어나 마당 저쪽으로 가버리곤 했다. 앨리스는 정말 어려운 경기라는 결론을 내리지

않을 수 없었다.

또 선수들은 전부 차례를 기다리지 않고 경기를 벌여 서로 고슴도치를 치려고 야단법석이었다. 여왕은 금방 흥분해서 발을 구르며 1분에 한 번씩 '저놈의 목을 쳐라! 또는 '저 여자의 목을 쳐라'라고 소리를 질렀다.

앨리스는 은근히 겁이 나기 시작했다. 여왕과는 아직 시합을 붙지 않았지만 언젠가는 그런 일이 생길 것이 확실했기 때문이었다.

앨리스는 '그때 난 어떻게 될까? 이곳에서는 끔찍하게도 사람들의 목을 치는 것을 아주 즐기고 있어. 그런데 아직도 살아 있는 사람들이 있으니 신기할 뿐이야!'라고 생각했다.

앨리스는 어떻게든 도망칠 방법을 찾기 시작했다. 눈에 띄지 않게 사라지려면 어떻게 해야 할지를 궁리했다. 바로 그때 하늘에 떠있는 이상한 물체가 앨리스의 눈에 띄었다. 처음에는 무엇인지 어리둥절했으나 자세히 살펴보고 나서는 싱긋이 웃고 있는 모습이라는 것을 알아냈다.

앨리스가 중얼거렸다.

"체셔 고양이로구나. 이제야 누군가와 이야기를 할 수 있겠어."

고양이는 말을 할 수 있을 정도로 입이 생겨나자마자 물었다.

"어떻게 지냈니?"

앨리스는 고양이의 눈이 보일 때까지 기다렸다가 고개만 끄덕거리고는 이렇게 생각했다.

"양쪽 귀가 나타나든지 아니면 한쪽 귀라도 나타나야지, 그렇지 않으면 말을 해봐야 소용없을 거야."

조금 후에 고양이의 머리 전체가 나타났다. 그때서야 앨리스는 홍학을 내려놓았다. 그리고 그녀의 이야기를 들어줄 누군가가 나타난 것을 기쁘게 생각하며 경기에 대해 이야기하기 시작했다. 고양이는 이런 모습으로도 충분하다고 생각했는지, 더 이상의 모습은 나타내지 않았다.

앨리스가 투덜거리며 말하기 시작했다.

"저들은 경기를 공평하게 하지 않아. 얼마나 끔찍하게 싸우는지 누가 무슨 말을 하는지 알아들을 수도 없고…… 특별히 규칙 같은 것도 없는 것 같아. 설령 있다고 해도 규칙 같은 것을 지키는 사람도 없고 말이야. 게다가 모든 도구들이 살아 있으니 얼마나 혼란스러운지 넌 모를 거야. 예를 들면 이쪽에 있는 골문으로 내가 막 공을 통과시키려는 순간, 골문이 운동장 저쪽 끝으로 걸어가 버리는 거야. 또 내가 여왕의 고슴도치를 막 치려 하는데 내 고슴도치를 보고는 도망쳐 버렸어!"

고양이가 아주 낮은 목소리로 물었다.

"여왕은 좋아?"

앨리스가 말했다.

"아니, 여왕은 아주 지독하게······ "

이렇게 말하려던 앨리스는 여왕이 바로 뒤에서 듣고 있다는 것을 알고는 말을 바꾸었다.

"거의 이기고 있었으므로 경기를 끝낼 필요도 없었어."

여왕이 웃으면서 지나갔다.

그러자 왕이 앨리스에게로 오더니 물었다.

"너 지금 누구와 이야기를 하는 거니?"

그리고 아주 신기하다는 듯 고양이의 머리를 쳐다보았다.

앨리스가 말했다.

"제 친구 체셔 고양이랍니다. 소개해 드릴게요."

왕이 말했다.

"얼굴이 전혀 맘에 들지 않지만 원한다면 내 손에 키스해도 좋다."

고양이가 대꾸했다.

"나도 싫군요."

왕이 말했다.

"무례하구나. 그리고 그렇게 나를 쏘아보지 마라!"

왕은 이렇게 말하면서 앨리스 뒤로 숨어버렸다.

앨리스가 말했다.

"어떤 책인지 기억은 안 나지만, '고양이도 왕을 쳐다볼 권리가 있다'라고 쓰여 있었어요."

왕이 단호한 어투로 말했다.

"음, 저놈을 끌어내라!"

그리고 바로 그때 옆을 지나가고 있던 여왕에게는 이렇게 말했다.

"여왕! 당신이 저 고양이를 좀 처리해 주세요!"

문제가 크든 작든, 여왕이 문제를 해결하는 방법은 한 가지였으므로 여왕은 쳐다보지도 않고 말했다.

"저 놈의 목을 쳐라!"

왕이 서둘러 나가면서 외쳤다.

"내가 가서 사형 집행인을 데리고 오겠소."

앨리스는 시합이 어떻게 되고 있는지 보러 돌아가는 것이 낫겠다고 생각했다. 그런데 여왕이 날카롭게 외치는 소리가 먼곳에서 들려왔다. 여왕은 이미 차례를 놓친 선수 세 사람의 목을 베라는 판결을 내린 참이었다. 앨리스는 그런 상황을 지켜 보아야 하는 것이 괴로웠다. 그녀도 차례를 헤

아리기 힘들 정도로 혼란스러웠기 때문이었다. 그래서 앨리스는 그녀의 고슴도치를 찾으러 나섰다.

앨리스의 고슴도치는 다른 고슴도치와 열심히 싸우고 있었는데 그들 중 한 마리를 다른 쪽으로 쳐낼 수 있는 절호의 기회가 온 것 같았다. 딱 한 가지 문제가 있다면 앨리스의 홍학이 정원 반대쪽으로 가버렸다는 것이었다. 홍학은 무작정 나무 위로 날아오르려 하고 있었다.

앨리스가 홍학을 잡아서 돌아왔을 때 경기는 이미 끝나버렸고 고슴도치들은 둘다 사라지고 없었다.

앨리스는 생각했다.

"괜찮아. 경기장 한쪽에 있던 모든 아치들도 사라져 버렸잖아."

앨리스는 홍학을 팔 안쪽에 꽉 껴안고 다시 도망치지 못하도록 했다. 그리고 자기 친구와 조금 더 얘기를 나누기 위해 돌아갔다.

체셔 고양이에게 돌아간 앨리스는 깜짝 놀랐다. 모두들 고양이 주위에 모여 있었으며 사형 집행관과 왕, 여왕이 한참 논쟁을 벌이고 있는 중이었다. 전부 입을 다물고 곤혹스럽게 세 사람을 바라보고 있었다.

그런데 앨리스가 나타나자 세 사람 모두 문제를 해결해

달라며 동시에 자신들의 주장을 지껄여댔으므로 앨리스는
그들이 뭐라고 떠드는지 정확히 알아들을 수가 없었다.

사형 집행관의 주장은 고양이의 몸이 없어서 머리를 자
를 수 없으며 지금까지 살아오면서 이런 일은 해 본 적이 없
으므로 결코 할 수는 없다는 말이었다.

왕의 주장은 머리가 있으면 머리를 벨 수 있는 것이니 말
도 안되는 소리 하지 말라는 것이었다.

여왕은 빠른 시간 안에 이 모든 사태에 대해 무언가를
하지 않으면 전부 사형에 처하겠다고 주장했다. (모여 있는

사람들의 안색이 그렇게 어둡고 걱정스러워 보였던 것은 바로 이 여왕의 마지막 말 때문이었다.)

앨리스로서는 별 도리가 없었으므로 '이 고양이는 공작부인의 것이니까, 그녀에게 물어보는 것이 가장 나을 텐데요.'라고만 했다.

여왕이 사형 집행관에게 말했다.

"공작부인은 감옥에 있으니 그녀를 데려와라."

사형 집행관이 쏜살같이 달려갔다.

사형 집행관이 달려가자 그때부터 고양이의 머리가 서서히 사라지기 시작하더니 공작부인을 데리고 왔을 때는 완전히 사라져 버렸다. 그래서 왕과 사형 집행관은 고양이를 찾으러 부리나케 돌아다녔다. 그리고 거기 모여 있던 나머지 선수들은 다시 크로케 경기를 시작했다.

슬픈 가짜 거북의 노래

공작부인이 다정하게 앨리스의 팔짱을 끼고 함께 걸으면서 말했다.

"이봐, 옛친구, 너를 다시 만나게 되다니 정말 반갑구나!"

앨리스 역시 공작부인이 즐거워하는 것을 보고 아주 기뻤다. 그리고 부엌에서 그들이 만났을 때 그녀가 그렇게 포악했던 것은 아마 후춧가루 때문이었을 거라는 생각이 들어 이렇게 중얼거렸다.

"내가 만일 공작부인이라면 (전혀 그럴 가능성은 없지만) 우리 부엌엔 절대 후춧가루를 두지 않을 거야. 아마 사람들을 화나게 만드는 후춧가루를 쓰지 않는다면 수프가 훨씬 좋아질 거야."

앨리스는 새로운 법칙을 발견한 것처럼 기뻐하며 생각을 이어갔다.

"식초는 사람을 심술궂게 만들고, 캐모마일(흥분제)은 과

격하게 그리고, 그리고…… 보리 사탕 같은 것은 아이들을 온순하게 만들지. 사람들이 이런 사실을 알게 되면 정말 좋을 텐데…… 그러면 사탕 때문에 인색해지지도 않을 거야."

앨리스는 공작부인을 완전히 잊어버리고 있다가 갑자기 바로 옆에서 공작부인의 목소리가 들리자 깜짝 놀랐다.

"애야, 할 말도 잊은 채 뭘 그렇게 생각하고 있는 거니? 내가 아는 것이 별로 없어서 여기에 딱 맞는 교훈을 말해 줄 수는 없구나."

앨리스가 거침없이 대꾸했다.

"아마 한 가지도 말할 수 없을 거예요."

공작부인이 말했다.

"쯧쯧, 애야! 찾아내려고만 한다면 어떤 경우에도 교훈은 존재하는 거란다."

공작부인은 말하면서 앨리스 곁으로 몸을 밀착시켰다.

앨리스는 공작부인이 가까이 오는 것이 싫었다. 그 이유는 첫째, 공작부인이 너무 흉칙하게 생겼기 때문이었고 둘째, 앨리스의 어깨 위에 그녀의 턱끝을 기대고 쉬기에는 앨리스의 키가 아주 적당했지만 그녀의 턱이 불쾌할 정도로 날카로웠기 때문이었다. 하지만 앨리스는 무례를 범하지 않으려고 가능한한 참았다.

조금 더 이야기를 나누어야 할 것만 같아서 앨리스가 말했다.

"시합이 이제 훨씬 나아지고 있는 것 같아요."

공작부인이 말했다.

"그러니까 이럴 때 교훈은…… '사랑, 사랑이야말로 이 세상을 훨씬 좋아지게 한다!'라는 거야."

앨리스가 속삭였다.

"어떤 사람들은 '각자 자신의 일에 충실하면 된다'고 말하기도 하지요!"

공작부인은 날카로운 작은 턱을 앨리스의 어깨 쪽으로 갖다대며 덧붙였다.

"그럼, 그렇지! 그 교훈은 말이야…… '귀를 기울이면 소리는 저절로 들린다'는 뜻이지."

앨리스는 속으로 생각했다.

"어쩌면 저렇게 모든 일에서 교훈을 찾아내는 것을 좋아할 수 있을까!"

공작부인이 다시 말했다.

"내가 왜 네 허리에 팔을 두르지 않는지 궁금해 할 것 같은데 말이야."

공작부인은 잠시 말을 멈추었다가 다시 말을 시작했다.

"그 이유는 네 홍학이 어떻게 성깔을 부릴지 몰라서 그렇단다. 한 번 시험해 볼까?"

앨리스는 아주 많이 걱정스러웠으므로 신중하게 대답했다.

"어쩌면 물어(bite) 버릴지도 몰라요."

"그렇지. 홍학과 겨자는 둘 다 매워(bite)(역주 : bite는 동사로는 '물다'/ 명사로 '매운 맛', '얼얼한 맛'). 여기에 어울리는 격언은 '끼리끼리 어울린다(Birds of a feather flock together : 깃털이 같은 새들은 함께 모인다)'라는 거야."

앨리스가 대꾸했다.

"그런데 겨자는 새(birds)가 아닌 걸요."

공작부인이 말했다.

"그래, 맞는 말이야. 넌 언제나 명확하구나!"

앨리스가 말했다.

"내 생각에는, 겨자는 광물질이에요."

앨리스의 말이라면 무조건 찬성하겠다는 기세로 공작부인이 말했다.

"물론 그렇지. 가까운 곳에 커다란 겨자 광산(mine)이 있단다. 딱 어울리는 교훈은 '내 것이(mine)(역주 : mine은 명사로 '광산'/ 대명사로 '나의~'라는 뜻) 많아지면 네 것은 그만큼 줄어든다'는 것이지."

앨리스는 공작부인의 마지막 언급은 귀담아듣지 않고 소리쳤다.

"아, 알았어요! 겨자는 채소예요. 채소처럼 보이지 않지만 사실은 채소예요."

공작부인이 말했다.

"네 말에 전적으로 동감이야. 이럴 때의 교훈은 '남들에게 보여지는 모습대로 살아라'라는 것이지. 아주 간단하게 말하면 다른 사람에게 너의 모습이 어떻게 비춰질지에 대해서는 상상하지 말라는 말이지."

앨리스는 아주 정중하게 말했다.

"당신의 말을 글로 받아 써 보면 잘 이해할 수 있을 것 같은데, 당신이 하는 말로는 알아들을 수가 없군요."

공작부인은 아주 재미있다는 듯 대답했다.

"내가 하려고만 한다면 말할 수 없는 것은 없지."

앨리스가 말했다.

"더 길게 말하려고 애쓰지 않았으면 좋겠어요. "

공작부인이 말했다.

"오, 걱정할 필요없단다! 지금까지 내가 했던 모든 말을 너에게 선물로 주겠다. "

앨리스는 '정말 형편없는 선물이야! 그런 생일 선물이라면 주지 않는 것이 좋을 텐데!'라는 생각이 들었지만 큰소리로 말할 엄두는 내지 못했다.

공작부인이 그 날카롭고 작은 턱을 앨리스의 다른쪽 어깨에 갖다대며 물었다.

"또 뭘 그렇게 생각하는 거니?"

앨리스는 약간 귀찮다는 생각이 들어서 신경질적으로 말했다.

"난 생각할 권리가 있어요."

공작부인이 말했다.

"그래, 이런 경우에는 '돼지들도 날아야 할 권리가 있다'라는 말이 있지. 그리고 교훈은……"

그런데 공작부인의 목소리가 가장 즐겨 쓰던 '교훈'이라는 부분에서 갑자기 기어들어가더니 앨리스의 팔에 두르고 있던 손을 부들부들 떨기 시작했다. 깜짝 놀란 앨리스가 위를 올려다보니 여왕이 벼락을 칠 것 같은 험상궂은 표정으로 팔짱을 낀 채 버티고 있었다.

공작부인은 들릴 듯 말 듯한 목소리로 말했다.

"여왕 폐하! 그동안 평안하셨는지요!"

여왕이 바닥을 쿵쿵 구르며 소리쳤다.

"경고한다! 지금 당장 사라지지 않으면 목을 칠 것이니, 빨리 선택을 해라!"

공작부인은 순식간에 사라져 버리는 것을 선택했다.

여왕이 앨리스에게 말했다.

"이제 시합을 계속해 볼까. "

앨리스는 너무 무서워 아무 말도 하지 않고 여왕을 따라 천천히 크로케 경기장으로 갔다.

다른 선수들은 여왕이 잠시 없는 사이에 그늘에서 쉬고 있었지만 여왕이 나타나자 다시 시합을 하려고 서둘러 제

자리로 돌아갔다. 여왕은 1분이라도 늦으면 살려두지 않겠다고 단호하게 선언했다.

경기 내내 여왕은 끊임없이 다른 선수들과 싸우면서 '저 자의 목을 베라' 또는 '저 여자의 목을 베라'라고 소리쳤다.

병사들은 여왕에게서 사형선고를 받은 선수들을 체포해야 했다. 그러기 위해서는 아치 모양을 유지할 수 없었다. 그래서 30분 후에는 병사들이 전부 가버렸다. 왕과 여왕 그리고 앨리스를 제외한 나머지 선수들은 모두 사형 선고를 받고 체포되었다.

그때서야 여왕은 그곳을 떠나면서 숨을 헐떡이며 앨리스에게 물었다.

"넌 가짜 거북을 만나본 적 있니? "

앨리스가 말했다.

"아니요, 가짜 거북이 어떤 것인지도 모르는 걸요."

여왕이 말했다.

"그것은 가짜 거북 수프를 만들어 내는 것이란다."

앨리스가 말했다.

"본 적도 들은 적도 없어요. "

여왕이 말했다.

"그렇다면 따라와 봐. 그가 자신이 살아온 이야기를 해줄 거야."

여왕과 앨리스는 함께 걸어나갔다. 앨리스는 왕이 나머지 일행들에게 아주 작은 소리로 말하는 것을 들었다.

"너희들을 전부 사면한다."

앨리스는 여왕이 내린 사형선고가 너무 많아서 아주 슬퍼하고 있었던 터라 혼자 중얼거렸다.

"정말 다행이야!"

그들은 곧 햇볕 아래에서 깊이 잠들어 있는 그리펀을 만났다. (그리펀을 알고 싶은 독자는 아래 그림을 보세요.)

여왕이 소리쳤다.

"일어나, 이 게으름뱅이야! 이 어린 숙녀분을 가짜 거북에게 데려다 줘라. 그리고 거북이 살아온 이야기를 들을 수 있게 해줘. 난, 사형 집행이 어떻게 되었는지를 보러가야 해."

여왕은 앨리스를 그리펀에게 홀로 남겨 놓고 가버렸다. 앨리스는 그 생물의 모습이 조금도 마음에 들지 않았지만 무시무시한 여왕을 따라가는 것보다는 그 생물과 함께 있는 것이 훨씬 안전할 것 같은 생각이 들었다. 그리펀은 눈을 비비며 일어나 앉았다. 그리고 여왕이 시야에서 완전히 사라질 때까지 바라보더니 킬킬거리며 앨리스에게 하는 말인지, 아니면 혼잣말인지 중얼거렸다.

"웃기는 일이야!"

앨리스가 물었다.

"뭐가 그렇게 웃겨요?"

그리펀이 대답했다.

"그러니까, 그녀 말이야. 모든 것이 여왕의 상상일 뿐이야. 그러니까 아무도 사형을 당하지 않는다는 말이지. 자, 가자!"

앨리스는 천천히 그리펀을 뒤따라가며 '이곳에서는 모두 가자!'라고 말해. 평생 이렇게 명령을 많이 받아본 적은 없을 거야!'라고 중얼거렸다.

그런데 그렇게 멀리 갈 필요도 없었다. 저 멀리 작은 바위 위에 아주 외롭고 슬픈 모습으로 앉아 있는 가짜 거북이 보였다. 조금 더 가까이 다가가자 가슴이 찢어지는 듯한 한숨 소리가 들려왔다. 가짜 거북이 너무도 가여워 앨리스가 그리펀에게 물었다.

"왜 저렇게 슬퍼하고 있는 거지요?"

그리펀은 조금 전에 했던 말과 똑같은 말을 했다.

"전부 그의 공상일 뿐이야. 슬픈 일은 없어. 가자!"

그들은 가짜 거북에게 걸어갔다. 거북은 눈물이 가득한 커다란 눈으로 그들을 바라보며 아무 말도 하지 않았다.

그리펀이 말했다.

"이 어린 숙녀분이 너의 이야기를 듣고 싶다는군. "

가짜 거북은 깊은 곳에서 울려나오는 듯한 목소리로 말했다.

"이야기해 줄 테니, 둘다 앉아. 그리고 이야기를 끝낼 때까지 한마디도 하지 마라."

그리펀과 앨리스는 자리에 앉았다. 그리고 한동안 누구도 말하지 않았다. 앨리스는 마음 속으로 생각했다.

'시작도 하지 않았으니 언제 끝날지 아무도 모를 일으로

구나.'

그러나 그녀는 참을성 있게 기다렸다.

마침내 가짜 거북이 깊게 한숨을 내쉬며 말을 꺼냈다.

"예전에 난 진짜 거북이였어."

이렇게 운을 뗀 다음 잠시 동안 침묵이 흘렀다. 가끔 그리펀이 내뱉는 '흐르르!'라는 외침만이 정적을 깼다. 그리고 통탄하듯 흐느끼는 거북의 울음소리만 이어졌다. 앨리스는 금방 일어나서 '아주 재미있는 이야기이군요. 잘 들었습니다'라고 말하고 싶었다.

그러나 분명히 이야기가 더 있을 것 같았기 때문에 가만히 앉아서 아무 말도 하지 않았다.

마침내 거북은 차분하게 이야기를 시작했다. 그리고 이야기 도중 가끔 나직하게 흐느끼기도 했다.

"어렸을 때 우리는 바다에 있는 학교에 갔었지. 선생님은 늙은 바다거북이였고 우리는 그를 민물거북이라고 부르곤 했단다."

앨리스가 물었다.

"왜, 그를 민물거북이라고 불렀는데요?"

가짜 거북이 화를 내며 말했다.

"그가 우리를 가르쳤기 때문에 민물거북이라고 부른 거

154

야, 넌 정말 너무 멍청하구나!"(역주 : 가르치다taught us와 민물
거북Tortoise의 발음이 유사하다)

그리펀이 끼어들었다.

"그렇게 간단한 것을 묻다니 창피하지도 않니!"

그리고 나서 그들은 말없이 가엾은 앨리스를 쳐다보았다.

155

앨리스는 땅속으로 꺼져드는 듯한 느낌이었다. 마침내 그리펀이 가짜 거북에게 말했다.

"어이, 늙은 친구! 계속해 봐! 그 이야기로 하루를 보낼 참이야?"

그러자 가짜 거북이 이야기를 계속했다.

"그래, 네가 믿을지 모르겠지만 우리는 바다에 있는 학교에 갔단다……"

앨리스가 끼어들었다.

"난, 믿지 못한다고 말한 적이 없어!"

가짜 거북이 말했다.

"그렇게 말했어."

앨리스가 다시 말을 하려고 하자 그리펀이 대꾸했다.

"입 다물어!"

가짜 거북이 이야기를 계속했다.

"우리는 가장 훌륭한 교육을 받았지, 사실이야. 우리는 매일 학교에 갔어……"

앨리스가 말했다.

"나도 매일 학교에 갔어요. 그러니 그렇게 자랑할 일도 아닌 걸요."

가짜 거북이 약간 걱정스럽게 물었다.

"선택 과목도 배웠니?"

앨리스가 대답했다.

"그럼요! 불어와 음악을 배웠어요."

가짜 거북이 물었다.

"그럼, 세탁하는 것은?"

앨리스는 화를 내며 말했다.

"확실히 말할 수 있는데 그런 것은 배우지 않아요!"

가짜 거북이 아주 안심이라는 듯한 어조로 말했다.

"어휴, 그렇다면 너의 학교는 진짜 좋은 학교는 아니야. 우리 학교는 말이야, 수업료 고지서 끝에 '불어, 음악, 세탁 (washing)은 선택 과목'이라고 되어 있거든."

앨리스가 말했다.

"당신은 선택 과목을 다 배울 필요가 없었군요. 바다 밑에 사니까요."(역주 : 바다 밑에 사니까 세탁washing은 할 필요 없다는 뜻)

가짜 거북이 한숨을 내쉬며 말했다.

"난 선택 과목을 배울 여유가 없어서 정규수업만 받았단다."

앨리스가 물었다.

"정규수업은 무엇인데요?"

가짜 거북이 대답했다.

"먼저 비틀거리기(Reeling)와 뒤틀기(Writhing)를 배우고 산수 시간에는 야망(Ambition), 주의산만(Distraction), 추해지기(Uglification) 그리고 조롱(Derision)을 배운단다."(역주 : 일반적인 학교의 정규수업인 읽기Reading과 쓰기Writing에서 철자를 바꾸었으며-Reeling, Writhing, 산수의 더하기Addition, 빼기Subtraction, 곱하기Multiplication, 나누기Division를 연상시키는 단어들을 사용함)

앨리스는 용감하게 물었다.

"'추해지기(Uglification)'란 단어는 들어본 적이 없는데요?" (역주 : 'Uglification'은 이 책의 저자, 루이스 캐럴이 만들어낸 단어이다)

그리펀이 깜짝 놀라 앞발을 쳐들며 소리쳤다.

"들어본 적이 없다고! 그런데 '아름다워지다(beautify)'라는 말은 알겠지!"

앨리스가 자신 없다는 듯이 대답했다.

"그거야, 더 예뻐진다는 것을 뜻하는 거잖아요."

그리펀이 계속했다.

"그렇지. 그래도 '추해지기'가 무엇인지 모르겠다면 넌 바보야."

앨리스는 더 이상 물어보고 싶은 기분이 아니었다. 그래서 가짜 거북에게로 고개를 돌렸다.

"그 외에 또 무엇을 배웠어요?"

가짜 거북은 지느러미로 과목의 수를 세면서 대답했다.

"음, 미스터리(Mystery)를 배웠지. 해양지리(Seaography)
와 함께 고대와 현대의 미스터리. 그리고 우물쭈물하기
(Drawling)를 배웠어. 선생님은 늙은 붕장어였는데, 1주
일에 한 번 왔었단다. 우물쭈물하기(Drawling), 몸늘리기
(Stretching), 기절하기(Fainting)를 가르쳤어."(역주 : 역사History
와 지리Geography, 미술 시간에 배우는 그리기Drawing, 스케치
Sketching, 칠하기Painting를 연상시키는 묘사)

앨리스가 물었다.

"어떻게 하는 건데요?"

가짜 거북이 대답했다.

"그건 보여줄 수가 없어. 난, 몸이 너무 굳어 버렸단다.
그리고 그리펀은 배우지 않았거든."

그리펀이 말했다.

"시간이 없었어. 나는 고전 선생님에게 갔었지. 고전 선생
님은 늙은 게였단다. 정말이야."

가짜 거북은 한숨을 내쉬며 말했다.

"난 그에게 한번도 가지 않았어. 그는 웃음(Laughing)과

159

슬픔(Grief)을 가르쳤다고 사람들이 말했지."(역주: 라틴어Latin 와 그리스 역사Greece를 연상시키는 묘사)

그리펀이 고개를 숙이고 한숨을 내쉬며 말했다.

"그래, 그랬어."

그리고 둘은 앞발로 얼굴을 가렸다.

앨리스가 서둘러 화제를 바꾸며 말했다.

"당신들은 하루 몇 시간씩 공부했어요?"

가짜 거북이 말했다.

"첫날은 10시간, 그 다음에는 9시간, 그렇게 계속……"

앨리스가 소리쳤다.

"정말 웃기는 시간표네요!"

그리펀이 얼른 대꾸했다.

"그러니까, '수업'이라고 말하잖아. 매일매일 줄어드니까 말이야."(역주 : 수업lesson과 줄어들다lessen의 발음이 비슷하다)

앨리스로서는 너무나 새로운 사실이었으므로 잠시 생각을 해본 다음 말했다.

"그렇다면 11번째날은 수업이 없었겠네요?"

가짜 거북이 말했다.

"물론이지."

앨리스는 더욱 진지하게 물었다.

"그렇다면 12번째 날은 어떻게 되었어요?"

그리펀이 아주 단호한 어조로 말을 끊었다.

"수업에 대한 이야기는 그 정도면 충분하잖아. 이제 이 아가씨에게 시합 얘기를 해줘."

*Alice's Adventures
in Wonderland*

재미있고 멋진 바닷가재 카드리유 춤

가짜 거북은 한숨을 내쉬며 한쪽 지느러미를 끌어당겨 눈을 가렸다. 앨리스를 바라보며 이야기를 하려 했지만 목이 막히는지 잠깐 동안 흐느껴 울었다.

그리펀이 말했다.

"목에 가시가 걸렸나 봐."

그리고 가시를 꺼내주려는 듯 가짜 거북의 등을 두들기고 흔들어 주었다. 그러자 가짜 거북의 목소리가 다시 정상이 되었고, 뺨 위로 눈물을 주르르 흘리며 이야기를 다시 시작했다.

"넌, 아마 바다 밑에는 한 번도 살아본 적이 없을 테지."

앨리스가 대답했다.

"살아본 적이 없어요."

"그렇다면 바닷가재와 한번도 인사를 나눈 적이 없을 테지."

앨리스가 대답했다.

'한 번 먹어본 적은……'

이렇게 말하려던 앨리스는 서둘러 대답했다.

"한번도 없어요."

"그러니까 넌 바닷가재가 추는 카드리유 춤이 얼마나 재미있는 것인지도 모르겠구나!"

앨리스가 대답했다.

"예, 그래요. 어떻게 추는 춤인데요?"

그리펀이 말했다.

"그것은 말이야, 먼저 바닷가에 한줄로 길게 늘어서는 거야."

가짜 거북이 소리쳤다.

"두 줄이야! 물개, 거북, 연어 그외 기타 등등. 그리고 일단 해파리들은 없애 버려야 돼."

그리펀이 끼어들었다.

"그런데 그렇게 하려면 시간이 필요해."

"…… 네가 먼저 두 발자국 앞으로 나가면……"

그리펀이 소리쳤다.

"동물들이 각각 바닷가재와 파트너가 되는 거야!"

가짜 거북이 말했다.

"그래, 맞아. 두 발자국을 떼어서 파트너가 된 다음……"

그리펀이 맞받아 계속했다.

"…… 바닷가재들을 바꾸고 같은 식으로 뒤로 물러나고."

가짜 거북이 계속했다.

"그리고나선 너도 알겠지만, 내던지는 거야……"

그리펀이 공중으로 뛰어오르면서 소리쳤다.

"바닷가재를!…… 가능한 바다 멀리 내던지는 거야……"

그리펀이 비명을 질렀다.

"그리고 바닷가재를 뒤따라가며 헤엄을 치는 거야."

가짜 거북이 신이 나서 뛰어다니며 소리쳤다.

"물 속에서 재주넘기를 하고!"

그리펀이 있는 힘껏 목소리를 높여 외쳤다.

"다시 바닷가재를 바꾸고!"

그리곤 갑자기 목소리를 낮추며 가짜 거북이 말했다.

"그리고 육지로 되돌아오는 거야. 이렇게 하는 것이 첫번째 동작이란다."

마구 흥분하여 펄쩍펄쩍 뛰고 소리치던 가짜 거북과 그리펀은 다시 차분해지더니 자리에 앉았다. 그리곤 다시 슬픈 표정으로 앨리스를 조용히 바라보았다.

앨리스가 조그맣게 말했다.

"아주 멋진 춤일 것 같아요."

가짜 거북이 말했다.

"어떤 춤인지 조금 보고 싶지 않니?"

앨리스가 대답했다.

"정말, 보고 싶어요."

가짜 거북이 그리펀에게 말했다.

"그럼, 첫번째 동작만 해 보자. 바닷가재가 없어도 할 수 있을 거야. 노래는 누가 부르면 좋을까?"

그리펀이 말했다.

"아, 노래, 그건 네가 불러. 난 잊어버렸거든."

그리고 그들은 아주 진지하게 앨리스 주위를 돌면서 춤을 추었다. 너무 가까이에서 돌다가 때때로 앨리스의 발을 밟기도 하고 앞발로 박자를 맞추며 흔들거렸다. 그리고 가짜 거북은 아주 슬프게 그리고 아주 천천히 노래를 불렀다.

"너, 조금 더 빨리 걸을 수는 없는 거니?"

대구가 달팽이에게 물었다.

돌고래가 우리를 바짝 쫓아와 꼬리를 밟으려고 하잖니.

바닷가재와 거북이 얼마나 열심히 앞으로 가고 있는지를 봐?

그들은 저마다 기다리고 있어.

네가 와서 함께 춤추기를 말이야!

춤추자, 추지 않을 거니, 춤추자, 추지 않을 거니, 함께 춤추지 않을래? 춤추자, 추지 않을 거니, 춤추자, 추지 않을 거니, 함께 춤추지 않을래?

"그들이 바닷가재와 함께 우리를 들어서 바다로 내던지면 얼마나 재미있는지 몰라!"

그러나 달팽이가 흘겨보며 대답했어.

"너무 멀어, 너무 멀어!"

대구에게 아주 친절하게 감사를 표시했지만 함께 춤을 추진 않았지.

추지 않겠니, 출 수 없어, 추지 않겠니, 출 수 없어, 함께 춤추지 않겠니? 추지 않겠니, 출 수 없어, 추지 않겠니, 출 수 없어, 함께 춤추지 않겠니?

"저쪽으로 더 멀리 가도 아무렇지도 않을 거야."

비늘이 있는 친구가 대답했다.

너도 알겠지만, 저쪽에 가면 다른 해변이 있어.

영국에서는 더 멀지만, 프랑스에서는 더 가깝지.

사랑스러운 달팽이야, 두려워 말고 이리 와서 함께 춤추자

춤추자, 추지 않을 거니, 춤추자, 추지 않을 거니, 함께 춤추지 않을래? 춤추자, 추지 않을 거니, 춤추자, 추지 않을 거니, 함께 춤추지 않을래?

노래가 끝나자 앨리스가 아주 기뻐하며 말했다.

"고마워요. 정말 흥미로운 춤인 것 같아요. 그리고 대구를 노래한 것은 정말 신기했어요!"

가짜 거북이 말했다.

"아, 대구 말이지, 그러니까…… 대구, 대구는 물론 본 적

이 있겠지?"

대답을 하던 앨리스가 서둘러 말끝을 흐렸다.

"그럼요, 저녁 식~사……에서 본 적이 있지요."

가짜 거북이 말했다.

"저녁 식~사가 어디에 있는 것인지는 모르겠지만 대구를 자주 보았다면 말이야, 그들이 어떻게 생겼는지는 알겠지?"

앨리스는 잠시 생각을 정리하더니 말했다.

"그럼요. 그들은 꼬리를 입속에 넣고 있으며…… 몸 전체에 빵가루를 묻히고 있지요."

가짜 거북이 말했다.

"빵가루는 아니야. 빵가루는 바다에서는 씻겨가 버려. 그러나 꼬리는 입속에 넣고 있는데, 그 이유는 ……"

여기까지 이야기한 가짜 거북은 하품을 하더니 눈을 감았다. 그리고 그리펀에게 말했다.

"네가 그 이유와 나머지 이야기를 들려줘."

그리펀이 말했다.

"그 이유는 말이야, 그들이 바닷가재와 춤을 췄기 때문이야. 그들이 바다로 멀리 내던져질 때, 아주 멀리 떨어졌지. 그래서 입으로 얼른 꼬리를 물게 된 거야. 그리고나서 다시는 꼬리를 뱉어내지 못하게 된 거지. 그게 다야."

"아, 고마워요. 정말 재미있어요. 대구에 대해서 그렇게 자세하게는 몰랐었거든요."

그리펀이 말했다.

"너만 좋다면 이야기를 더 해줄 수도 있어. 사람들이 왜 그를 대구(whiting)라고 부르는지 아니?"

앨리스가 말했다.

"한번도 생각해 본 적 없어요. 왜 그렇게 부르는 데요?"

그리펀이 아주 진지하게 대답했다.

"그것은 부츠와 신발을 하얗게(whiting)하기 때문이란다."

앨리스는 너무나 혼란스러워 이상하다는 듯 되풀이해서 물었다.

"부츠와 신발을 하얗게 한다고요!"

그리펀이 말했다.

"그게 말이야, 너희들은 구두를 어떻게 하니? 그러니까 어떻게 반짝반짝 빛나게 하느냐는 거야."

앨리스는 구두를 내려다보며 잠깐 궁리를 한 다음 대답했다.

"아마도 까맣게(blacking) 빛이 나게 하는 것으로 알고 있는데요."

그리펀이 아주 비밀스러운 이야기를 하듯 나지막하게 대

답했다.

"바다 밑에서는 부츠와 신발을 하얗게(whiting)한단 말이야, 이제 알겠니."

앨리스가 더욱 궁금하다는 듯한 표정으로 물었다.

"무엇으로 그렇게 할 수 있는데요?"

그리펀이 정말 답답해 죽겠다는 투로 대답했다.

"물론 혀가자미와 장어로…… 그것은 말이야, 어린애들도 알고 있는 기본상식이란다."(역주 : 혀가자미soles와 장어eels는 구두의 밑창soles과 뒤축heels을 연상시키는 동음 이의어)

앨리스는 머리 속으로 아까 부른 노래를 계속 연상하면서 말했다.

"내가 만일 대구라면, 돌고래(porpoise)에게 '미안하지만, 돌아가, 우리는 너와 함께 있기 싫어!'라고 말하겠어요."

가짜 거북이 말했다.

"대구는 돌고래와 함께 가야만 해. 현명한 물고기라면 반드시 돌고래와 함께 가야만 할 걸?"

아주 놀란 어조로 앨리스가 말했다.

"정말이에요?"

가짜 거북이 말했다.

"그럼, 그렇고말고. 만약에 말이야, 어떤 물고기가 내게 와서 '여행을 갈 거야'라고 말한다면 말이야, 나는 이렇게 말할 거야. '어떤 돌고래(porpoise)와 가는 거야?'"(역주 : 영어권에서는 흔히 누군가와 여행을 간다고 하면 'with what purpose특별한 목적이 있어서 가는 거니?'라고 묻는다. 이것을 동음 이의어인 돌고래porpoise로 바꾸어 재미있게 묘사하고 있다)

앨리스가 말했다.

"'목적(purpose)이라고 말하려는 것 아닌가요?"

기분이 상한 듯한 어투로 가짜 거북이 말했다.

"그러니까, 내 말은……"

그때 그리펀이 거들었다.

"이리 와, 이번에는 너의 모험담이나 들어보자."

앨리스는 아주 자신이 없는 목소리로 말했다.

"오늘 아침에 겪은 아주 이상한 이야기를 해 줄께요. 어제 이야기는 할 필요가 없을 거예요. 왜냐하면 난 어제와는 다른 사람이니까요."

가짜 거북이 말했다.

"자세하게 전부 설명해 봐."

그리펀이 참을 수 없다는 듯이 말했다.

"아니야, 재미있게 겪은 일부터 먼저 해. 이야기를 제대로 다 하려면 시간이 너무 많이 걸려서 지겨워."

앨리스는 맨처음 흰토끼를 만나면서 겪은 아주 이상한 일들을 이야기하기 시작했다. 처음에는 그들이 양쪽으로 바짝 다가와서 눈과 입을 크게 뜨고 있었기 때문에 신경이 쓰였다. 하지만 차츰 용기를 얻어 이야기를 계속했다. 그들은 그녀가 애벌레에게 '당신은 너무 늙었어요, 아버지 윌리엄'을 암송해 주는 부분까지 아주 조용히 듣고 있었다. 그리고 단어들을 틀리게 말했다고 하자 가짜 거북이 한숨을 푹 내쉬며 말했다.

"그것 참 진짜 이상한 일이구나!"

그리펀이 말했다.

"정말 이상한 일이네."

가짜 거북이 깊은 생각에 빠져 있다가 다시 말했다.

"단어가 전부 틀리게 나오다니! 무엇이라도 좋으니 한번 암송하는 것을 들어봤으면 좋겠는데, 한번 외워보라고 해 봐."

가짜 거북은 그리펀을 바라보았다. 마치 그리펀이라면 앨리스에게 뭐든 명령할 수 있다고 생각하는 듯했다.

그리펀이 말했다.

"자, 일어서봐. 그리고 '그것은 게으름뱅이의 목소리라네' 를 다시 한번 외워봐라."

앨리스는 '명령하고, 배운 것을 외우게 하고…… 마치 학교에 있는 것 같잖아'라고 생각했지만 일어나서 암송하기 시작했다. 그러나 머릿속은 바닷가재 카드리유에 대한 생각으로 가득차 있어서 무엇을 말하고 있는지 거의 알 수 없었다. 그런데 이상하게도 단어들이 튀어나왔다.

그것은 바닷가재의 목소리.
바닷가재가 큰소리로 떠드는 것을 들었네.
나를 너무 갈색으로 구웠다면, 머리에 설탕을 뿌려야 해.
오리가 눈꺼풀로 하듯, 바닷가재는 코로
벨트와 단추를 여미고 발가락을 뒤집거든.
모래밭이 완전히 마르면 종달새처럼 기뻐하고
상어처럼 오만한 목소리로 말한다.
그러나 밀물이 밀려오고 상어떼가 나타나면
바닷가재의 목소리는 아주 작아지고 떨리거든.

그리펀이 말했다.
"내가 어렸을 때 암송했던 시와는 다른걸."
가짜 거북이 말했다.
"난 한번도 들은 적이 없어. 말도 안되는 이상한 시야."

앨리스는 아무말도 하지 않았다. 얼굴을 손으로 가리고 주저앉아서 다음 구절을 제대로 할 수 있을지를 걱정했다.

가짜 거북이 말했다.

"설명을 들었으면 좋겠는데……"

그리펀이 서둘러 대답했다.

"설명할 수 없을 거야. 다음 구절을 외워 봐."

가짜 거북이 고집을 부렸다.

"그런데 발가락 말이야, 바닷가재가 어떻게 코로 발가락을 뒤집을 수 있겠어? "

앨리스가 말했다.

"그것은 춤을 출 때 첫번째 동작이야."

그러나 앨리스는 이 모든 것이 너무나 혼란스러웠으므로 화제가 바뀌기를 간절히 바랐다.

그리펀이 참을 수 없다는 듯이 재촉했다.

"다음 구절을 해봐. '난 그의 정원을 지나갔네'로 시작하잖니."

앨리스는 또 잘못 암송하게 될 것이라는 느낌이 들었지만 거절해 봐야 소용없는 일이라는 생각이 들었으므로 떨리는 목소리로 계속했다.

난, 그의 정원을 지나갔네. 그리고 한눈에 알아봤지.

올빼미와 표범이 어떻게 파이를 나누는지.

표범이 파이껍질과 곡식, 고기를 갖고

올빼미는 자기 몫으로 접시를 가졌다.

파이를 다 먹었을 때 올빼미의 요청으로

스푼을 호주머니에 넣어 가는 것을 아주 친절하게 허락했네.

표범이 으르렁거리며 나이프와 포크를 받았고

연회는 끝이 났네.

가짜 거북이 끼어들었다.

"그렇게 시시껄렁한 것을 되풀이하면 무슨 소용이 있어. 설명하지도 못하면서 계속하면 말이야? 그렇게 이상한 것은 지금까지 들어본 적이 없는 것 같애!"

그리펀이 말했다.

"그래, 나도 그렇게 생각해. 그만 두는 것이 나을 것 같애."

앨리스 역시 기꺼이 그만두고 싶었다.

그리펀이 이어서 말했다.

"그럼, 우리 바닷가재 카드리유의 다른 동작을 해보면 어떨까? 아니면 가짜 거북에게 다른 노래를 불러달랠까?"

"오, 제발 가짜 거북이 노래를 해주면 좋을 텐데."

앨리스가 너무나 애원하듯이 되풀이했으므로 그리펀은 오히려 화가 난다는 듯이 말했다.

"흠, 취향이 좀 별나네. 어이, 오랜 친구, 그녀에게 '거북이 수프'를 노래해주면 어때?"

가짜 거북은 한숨을 길게 내쉬더니 시작했다. 그리고 가끔 설움에 목이 메인 듯 흐느끼며 노래했다.

아주 진하고 푸른빛의 아름다운 수프

따뜻한 그릇에서 기다리고 있네.

이렇게 맛있는 수프 앞에서

어느 누가 발걸음을 멈추지 않겠어.

저녁의 수프, 아름다운 수프!

저녁의 수프, 아름다운 수프!

아~름다운 수~프!

아~름다운 수~프!

저~녁의 수프,

아~름다운 수~프!

아름다운 수프! 어느 누가 생선에,

고기에, 아니면 다른 음식에 관심을 가지겠어?

아름다운 수프 한 그릇에

모든 것을 주지 않을 사람이 있을까?

아~름다운 수~프!

아~름다운 수~프!

저~녁의 수프,

아~름다운 수~프!

그리펀이 외쳤다.

"다시 한번 더!"

가짜 거북이 막 다시 한번 더 되풀이하려고 하는데 멀리서 '재판 시작'이라고 외치는 소리가 들려왔다.

그리펀이 외쳤다.

"가자!"

그리고 노래가 끝나기도 전에 앨리스의 손을 잡고 서둘러 자리에서 떠났다.

"무슨 재판인데요?"

앨리스는 달리면서 숨을 헐떡거렸다. 그러나 그리펀은 대답하지 않고 '빨리 와!'라고 하며 더 빨리 달렸다.

그리펀과 앨리스 뒤로 불어오는 미풍에 실려서 가짜 거북의 슬픈 노래가 어렴풋이 들려왔다.

저~녁의 수프,

아~름다운 수~프!

*Alice's Adventures
in Wonderland*

이상한 나라의 재판, 누가 파이를 훔쳤을까?

그리펀과 앨리스가 도착했을 때 왕과 여왕은 왕좌에 앉아 있었고 온갖 종류의 새와 짐승 그리고 한무리의 카드들이 왕과 여왕을 둘러싸고 있었다. 무리들 제일 앞에 잭이 서 있었는데 사슬에 묶여 있었으며 양쪽에 병사들이 서 있었다. 왕 바로 옆에는 흰토끼가 서 있었다. 그는 한쪽 손에는 트렘펫을, 다른 손에는 양피지 두루마리를 들고 있었다. 법정 한가운데에는 커다란 파이 접시가 올려져 있는 탁자가 있었다. 아주 맛있어 보이는 파이를 보자 금방 배고픔을 느낀 앨리스는 '재판을 얼른 끝내고 파이를 돌리면 얼마나 좋을까?'라고 생각했다.

그러나 전혀 그럴 가능성은 없어 보였으므로 앨리스는 시간을 보내며 주변을 둘러보기 시작했다.

앨리스는 한번도 법정에 가본 적이 없었지만 책으로는 읽은 적이 있었다. 그래서 법정에서 쓰는 용어들을 알고 있었으며 그것들이 보이자 아주 반가워하며 중얼거렸다.

"커다란 가발을 쓰고 있는 저 사람이 재판관일 거야."

그런데 재판관은 왕이었다. 왕은 가발 위에 왕관을 쓰고 있었으므로 전혀 편안해 보이지 않았을 뿐 아니라 썩 어울리지도 않았다.

앨리스는 생각했다.

"저기는 배심원석이고, 저 열두 생물은 (몇몇은 동물이고, 몇몇은 새들이었으므로 그녀는 생물이라고 할 수밖에

없었다.) '배심'들일 거야."

앨리스는 '배심'이라는 마지막 말을 아주 자신있게 되풀이했다. 왜냐하면 그녀 또래의 여자 아이들 중에서 그 말의 뜻을 알만한 아이들이 거의 없을 것이기 때문이었다. 그렇지만 '배심원'이라고 했으면 훨씬 더 좋았을 뻔했다.

12명의 배심원은 모두 아주 바쁘게 석판에 뭔가를 쓰고 있었다. 앨리스가 그리펀에게 속삭였다.

"무엇을 하고 있는 거지요? 아직 재판이 시작되기 전이라써 내려갈 것이 없을 텐데요."

그리펀이 속삭이듯 대답했다.

"자기들 이름을 쓰고 있는 거야. 재판이 끝나기 전에 잊어버릴지도 모르기 때문이야."

앨리스가 성난 목소리로 크게 소리쳤다.

"정말 바보들이군요!"

그러나 흰토끼가 외치는 소리를 듣고나서 얼른 입을 다물었다.

"법정에서는 정숙하시오!"

왕은 안경을 쓰고 소리를 친 자가 누구인지 탐색하려는 듯 둘러보았다.

앨리스는 배심원들이 전부 석판에 '바보 같은 것들'이라고 쓰고 있다는 것을 어깨 너머로 본 것처럼 똑똑히 알 수 있었다. 또 그들 중 하나는 '바보'라는 단어를 몰라서 옆에 있는 생물에게 물어보아야 했다는 것도 알아차렸다.

앨리스는 생각했다.

"재판이 끝나기도 전에 석판은 뒤죽박죽이 될 거야."

배심원 중 한 명이 끽끽거리는 소리를 내며 연필로 뭔가를 쓰고 있었으므로 앨리스는 그 소리를 참을 수가 없었다. 그래서 법정 뒤로 돌아가서 그 배심원 뒤에서 기회를 엿보고 있다가 연필을 빼앗아 버렸다. 얼마나 빨리 빼앗아 버렸는지 그 가엾은 작은 배심원(도마뱀, 빌이었다)은 무슨 일이 일어났는지 전혀 알아차리지 못했다. 그래서 한참 동안 연필을 찾다가 그날의 나머지 기록은 손가락 하나로 쓸 수밖에 없었다. 그러나 손가락으로는 석판 위에 쓰여지지가 않았으므로 그리 좋은 방법은 아니었다.

왕이 말했다.

"서기, 고소장을 낭독하세요!"

이 말이 떨어지자 흰토끼가 트럼펫을 세 번 불었다. 그리고 둘둘 말려 있던 양피지를 펼치고 다음과 같이 읽기 시작했다.

어떤 여름날 하루 종일,

하트 여왕이 파이를 만들었는데

하트 잭이 파이를 훔쳐서

어디론가 가버렸다.

왕이 배심원에게 말했다.

"판결을 내리세요."

토끼가 황급히 중단시켰다.

"아직, 안돼요. 아직은 안돼요! 그 전에 처리해야 할 일이 많습니다."

왕이 소리쳤다.

"첫번째 증인을 불러와라."

그러자 토끼가 트럼펫을 세 번 불고 소리쳤다.

"첫번째 증인은 나오시요!"

첫번째 증인은 모자장수였다. 그는 한 손에 찻잔을 들고 다른 손에는 버터 바른 빵 한 조각을 들고 들어와서 말을 시작했다.

"이런 것들을 들고 오게 되어서 죄송합니다, 폐하! 명령을 받았을 때 다과회가 미처 끝나지 않았거든요."

왕이 말했다.

"끝내고 왔어야지. 언제부터 시작했느냐?"

모자장수는 겨울잠쥐와 팔짱을 끼고 뒤따라 법정으로 들어오고 있던 3월의 토끼를 바라보며 말했다.

"제가 생각하기에는 3월 14일부터였습니다."

3월의 토끼가 말했다.

"15일."

겨울잠쥐가 말했다.

"16일."

왕이 배심원에게 말했다.

"기록하세요."

그러자 배심원들은 석판 위에 세 날짜를 열심히 써 내려 갔다. 그리고 나서 그것들을 합하여 실링과 페니로 환산한 답을 적었다.

왕이 모자장수에게 말했다.

"모자를 벗어라(Take off Your Hat)!"

모자장수가 대답했다.

"제 모자가 아닌 걸요."

왕이 배심원들을 돌아보며 소리를 질렀다.

"절도!"

배심원들은 즉시 사실을 기록했다.

모자장수는 추가 설명을 하려는 듯 말했다.

"전 모자장수랍니다. 그러니 이것들은 전부 팔아야 할 모자이지 제 것은 하나도 없습니다."

마침내 여왕이 안경을 끼고 모자장수를 무섭게 쏘아보자 하얗게 질린 모자장수는 안절부절 못했다.

왕이 말했다.

"두려워하지 말고 증거를 대 봐라. 그렇지 않으면 우리는 너를 당장에 처형할 것이다."

그러나 이 말은 그에게 전혀 용기를 주지 못했다. 그는 발길을 이리저리 옮기며 불안스럽게 여왕을 바라보다 버터 바른 빵을 먹는다는 것이 그만 착각하여 찻잔을 깨물었다.

바로 그순간 앨리스는 이상한 느낌이 들었다. 그리고 그것을 알아차리기까지는 한참을 어리둥절한 상태로 있었다. 다시 그녀의 키가 자라고 있었기 때문이었다. 앨리스는 처음에는 일어나서 법정을 나갈까 생각했으나 다시 한번 생각을 해본 다음 가능하다면 더 있어봐야겠다고 마음먹었다.

옆에 앉아 있던 겨울잠쥐가 말했다.

"밀치지 좀 말았으면 좋겠어. 숨을 거의 쉴 수 없을 지경이야."

앨리스가 아주 공손하게 대답했다.

"나도 어쩔 수가 없어요. 내가 커지고 있단 말이에요."

겨울잠쥐가 말했다.

"이곳 법정에서 커질 권리는 없는데."

앨리스는 대담하게 대꾸했다.

"그렇게 말도 안되는 소리가 어디 있어요. 당신도 크고 있잖아요."

겨울잠쥐가 말했다.

"그래, 그렇지만 난 그렇게 터무니없는 스타일이 아니라 아주 정상적인 속도로 자라고 있어."

그리고는 샐쭉한 표정으로 일어나 반대쪽으로 가버렸다.

지금까지 줄곧 모자장수를 노려보고 있던 여왕이 겨울잠 쥐가 자리를 옮기는 그 순간 법정의 정리 중 한 명에게 말했다.

"지난번 음악회에서 노래했던 가수들의 명단을 가져오시 오!"

이 말에 가여운 모자장수는 더욱 벌벌 떨더니 급기야 신 발 두 짝이 벗겨져 나갔다.

왕이 더욱 화를 내며 되풀이했다.

"증거를 대라니까! 그렇지 않으면 네가 아무리 떨고 있어 도 처형해 버릴 테다."

벌벌 떨면서 모자장수가 말했다.

"폐하, 가엾게 여겨 주세요. 다과회(tea)를 시작한 지 일주일도 안 됐습니다. 그리고 버터 바른 빵은 점점 더 얇아졌고 (thin), 차(tea)는 반짝반짝 빛나고(twinkling)······"

왕이 말했다.

"무엇이 반짝반짝 빛났다는 말이냐?"

모자장수가 대답했다.

"그것은 티(차; tea)부터 시작하는 것입니다."

왕이 바로 대꾸했다.

"물론 반짝반짝 빛나는(twinkling) 것은 T로 시작하지. 넌 나를 바보로 여기는 거냐? 증언을 계속해라."

모자장수가 말했다.

"저를 가엾게 여겨 주세요, '그 이후로 모든 것이 반짝거렸다'라고 3월의 토끼가 말했……"

3월의 토끼가 황급히 말을 잘랐다.

"난 하지 않았어요!"

모자장수가 말했다.

"네가 했잖아!"

3월의 토끼가 말했다.

"아니야!"

왕이 말했다.

"3월의 토끼가 아니라고 하니, 그 부분은 생략해."

"그래서, 아무튼 겨울잠쥐가 말하기를……"

모자장수는 계속 말을 하면서 겨울잠쥐도 아니라고 할까 봐 걱정스러운 눈길로 그를 바라보았다. 그러나 겨울잠쥐는 벌써 잠이 들었으므로 아무것도 부인하지 않았다.

모자장수는 계속했다.

"그 다음에, 난 버터 바른 빵을 조금더 잘랐어요."

배심원 중 한 명이 물었다.

"그런데 겨울잠쥐가 뭐라고 했어요?"

모자장수가 대답했다.

"기억나지 않습니다."

왕이 말했다.

"기억해 봐. 그렇지 않으면 당장 처형할 테다."

가엾게도 모자장수는 찻잔과 빵을 떨어뜨리고 무릎을 꿇으며 다시 말했다.

"불쌍하게 여겨 주세요, 폐하!"

왕이 말했다.

"정말 말을 제대로 못하는 놈이로구나."

그때 기니피그 한 마리가 환호성을 질렀다. 그러자 법정의 정리가 나서서 즉시 진압시켰다. (어떻게 진압되었는지는 설명하기 쉽지 않다. 그들은 주둥이를 끈으로 묶는 커다란 무명 자루를 가지고 와서는 기니피그를 머리부터 집어넣고 그 위에 앉았다.)

앨리스는 생각했다.

"저런 것을 보게 될 줄이야. 신문에서 종종 읽은 적은 있었잖아. 재판이 끝날 때쯤 '약간의 소란이 있었으나 법정의 정리들이 나와서 즉시 진압시켰다'라고 말이야. 지금까지는 그것이 무슨 뜻인지를 몰랐는데 말이야."

왕이 계속했다.

"네가 알고 있는 것이 그것이 전부라면, 넌 내려가도 좋다."

모자장수가 말했다.

"더 낮은 곳으로는 갈 수 없는데요. 전 지금 거의 바닥에 서 있거든요."

왕이 다시 말했다.

"그렇다면 자리에 앉아라."

그때 또다른 기니피그가 마구 환호성을 질렀으므로 진압당했다.

앨리스는 생각했다.

"이제, 기니피그들은 전부 정리되었으니 이제부터 훨씬 나아지겠군."

가수들의 명단을 읽고 있는 여왕을 걱정스럽게 바라보면서 모자장수가 말했다.

"전 다과 시간을 끝내러 가는 것이 좋겠지요."

왕이 말했다.

"가도 좋다."

모자장수는 신발도 신지 않고 법정을 서둘러 나갔다.

여왕이 정리 한 명에게 덧붙였다.

"밖으로 나가서 저 녀석의 목을 쳐라!"

그러나 모자장수는 정리가 문에 이르기도 전에 사라져 버렸다.

왕이 말했다.

"다음 증인!"

다음 증인은 후춧가루를 들고 있는 공작부인의 요리사였다. 앨리스는 그녀가 법정으로 들어서기 전에 벌써 짐작하고 있었다. 문 가까이에 있던 사람들이 전부 재채기를 하기 시작했기 때문이었다.

왕이 말했다.

"증언을 해라!"

요리사가 말했다.

"할 수 없습니다."

왕은 난감하다는 듯 흰토끼를 바라보았다.

흰토끼는 낮은 목소리로 말했다.

"이 증인은 더욱 엄중하게 심문하셔야 합니다."

왕이 내키지 않은 듯 말했다.

"음, 그렇게 해야만 한다면 해야겠지."

그리고 팔짱을 낀 채 요리사가 안 보일 정도로 눈을 찡그린 다음 근엄하게 물었다.

"파이는 무엇으로 만들지?"

요리사가 대답했다.

"거의 후춧가루로 만듭니다."

요리사 뒤에서 졸리운 듯한 누군가의 목소리가 소리쳤다.

"당밀이요."

여왕이 날카롭게 소리쳤다.

"겨울잠쥐를 체포해! 그리고 처형해라! 법정 밖으로 내보내! 진압해! 꼬집어! 수염을 뽑아 버려!"

겨울잠쥐를 잡아 쫓아내느라 법정은 한동안 소란스러웠다. 그리고 그들이 다시 자리에 앉았을 때 요리사가 사라져 버렸다.

왕은 오히려 안심이라는 듯이 말했다.

"괜찮으니까, 다음 증인을 불러라."

그리고 여왕에게 아주 작은 목소리로 덧붙였다.

"여보, 다음 증인의 반대 심문은 당신이 해요. 난, 머리가 너무 아파요!"

앨리스는 명단을 뒤적거리고 있는 흰토끼를 쳐다보았다. 앨리스는 다음 증인이 누구인지 아주 궁금해하며 중얼거렸다.

"증거가 아직 충분하지 않은가봐."

그때 흰토끼가 아주 가늘고 날카로운 목소리로 '앨리스'라고 커다랗게 외쳤을 때 그녀가 얼마나 놀랐을지 한번 상상해 보세요.

*Alice's Adventures
in Wonderland*

최후의 진실, 앨리스가 증언대에 서다

앨리스가 소리쳤다.

"네!"

앨리스는 순간적으로 당황했다. 그리고 지난 몇 분 사이에 자신이 얼마나 커졌는지를 까맣게 잊어버린 채 허둥지둥 일어나 버렸기 때문에 그녀의 치맛자락에 걸린 배심원석이 뒤집어져 버렸다. 배심원들은 아래 쪽에 앉아 있던 방청객의 머리 위로 엎어졌다. 배심원들이 널부러져 있는 모습은 지난 주에 그녀가 실수로 뒤집어엎은 금붕어 어항을 생각나게 했다.

앨리스가 아주 당황한 목소리로 외쳤다.

"아, 죄송해요!"

그리고 아주 재빨리 배심원들을 주워 모았다. 그 순간 금붕어 사건이 생각났으므로 그들을 즉시 거두어들여 제자리에 돌려놓지 않으면 죽어 버릴지도 모른다는 생각이 들었기 때문이었다.

왕이 아주 심각한 목소리로 대답했다.

"재판을 진행할 수가 없다."

그리고 앨리스를 무서운 눈초리로 바라보며 강조했다.

"배심원들을 전원 제자리로 돌려놓지 않으면 재판을 계속할 수가 없어."

배심원석을 바라보던 앨리스는 그녀가 너무 서두르다 도마뱀을 거꾸로 집어 넣었다는 것을 알았다. 가엾은 도마뱀

은 전혀 움직일 수가 없었으므로 꼬리만 흔들고 있었다. 그녀는 도마뱀을 얼른 다시 집어서 똑바로 해주면서 중얼거렸다.

"그다지 중요한 일은 아니야. 어느 쪽을 위로 하고 앉든 재판과는 별 상관이 없을 테니까."

배심원들은 뒤집혔을 때의 충격에서 조금씩 깨어나자 석판과 연필을 찾아 다시 제자리에 놓았다. 그리고 사건을 기록하기 위해 아주 부지런히 움직이기 시작했다. 그러나 도마뱀은 그렇지 못했다. 그는 너무 힘이 빠져서 아무 것도 할 수 없어 보였다. 입을 크게 벌린 채 천장을 응시하고 있을 뿐이었다.

왕이 앨리스에게 물었다.

"이 일에 대해 알고 있는 것이 있느냐?"

앨리스가 말했다.

"아무것도 몰라요."

왕이 다그쳤다.

"아무것도 모른단 말이냐?"

앨리스가 대답했다.

"아무것도 몰라요."

왕은 배심원들을 돌아보며 말했다.

"아주 중요한 일이야."

배심원들이 이것을 석판에 막 적으려는데 흰토끼가 끼어들었다.

"재판장님, 그러니까 중요하지 않다고 하신 거지요?"

토끼가 얼굴을 찌푸리며 아주 조심스럽게 묻자 왕이 서둘러 대답했다.

"맞아, 중요하지 않다고 했어."

그리곤 어떤 말이 가장 그럴 듯한지 조그맣게 중얼거려보았다.

'중요한, 중요하지 않은, 중요한, 중요하지 않은……'

배심원들 중에서 일부는 '중요한'이라고 썼고 일부는 '중요하지 않은'이라고 기록했다.

석판을 들여다 볼 수 있을 정도로 가까이 있어서 그들이 쓴 것을 읽을 수 있었던 앨리스는 속으로 '그거나 저거나 별로 다르지 않아'라고 중얼거렸다.

그때 자신의 공책에 가끔씩 무엇인가를 열심히 기록하던 왕이 소리쳤다.

"조용하시오!"

그리고 책을 펼쳐 읽었다.

"법, 제42조에 의하면 키가 1마일(약 1,610m)보다 큰 사람은 법정에서 나가야 한다."

모두 앨리스를 쳐다보았다.

앨리스가 말했다.

"난 그렇게 크지 않아요."

여왕이 덧붙였다.

"거의 2마일(약 3,220m)은 되어 보이는데."

앨리스가 말했다.

"그렇지만 난 나가지 않을 거예요. 그것은 통상적인 법칙
이 아니고 당신이 지금 만들낸 것이잖아요."

왕이 말했다.

"이 책에서 가장 오래된 법칙이야."

앨리스가 말했다.

"그렇다면 제1장에 쓰여 있어야 하잖아요."

왕은 얼굴이 하얗게 질리더니 공책을 얼른 덮어 버렸다.
그리고 아주 낮은 목소리로 떨면서 배심원들에게 말했다.

"평결을 내려라."

흰토끼가 펄쩍 뛰어오르면서 소리쳤다.

"전하, 아직 증거가 더 있습니다. 방금 이 종이를 주웠습
니다."

여왕이 물었다.

"거기에 무엇이라고 쓰여 있느냐?"

흰토끼가 말했다.

"아직 보지 못했습니다. 그러나 죄인이 누군가에게 쓴 편지인 것 같습니다."

왕이 말했다.

"틀림없이 그렇겠구나. 알다시피, 누군가에게 쓰지 않았다면 그것이야말로 이상한 일 아니냐."

배심원 중 한 사람이 물었다.

"누구에게 보내는 것이냐?"

흰토끼가 말했다.

"누구 앞으로 되어 있지 않습니다. 사실은 겉에 아무 것도 쓰여 있지 않습니다."

그리고 종이를 펼치며 덧붙였다.

"이것은 편지가 아니고 시 한 구절입니다."

다른 배심원이 물었다.

"죄인의 글씨가 있을 것 아니냐?"

흰토끼가 말했다.

"그렇지도 않습니다. 그러니 정말 이상한 일이지요." (배심원들은 전부 어리둥절한 표정이었다.)

그때 왕이 말했다.

"그가 분명히 다른 사람의 글씨를 흉내낸 것이 분명해."
(그러자 배심원들의 표정이 다시 밝아졌다.)

잭이 말했다.

"전하, 전 정말 쓰지 않았습니다. 내가 했다는 증거도 없습니다. 끝에 서명이 없잖습니까?"

왕이 말했다.

"네가 서명을 하지 않았다면 그것은 더 나쁜 일이야. 뭔가 장난을 치려는 것이 아니었다면 정직하게 너의 이름을 서명했을 거야."

이 말에 박수소리가 터져나왔다. 왕이 그날 처음으로 가장 현명한 말을 한 것이다.

여왕이 말했다.

"유죄가 충분히 입증되었다."

앨리스가 말했다.

"그런 것으로는 증거가 되지 않아요. 어째서 당신은 무엇이 쓰여 있는지 알아보려고 하지 않는 거죠?"

왕이 말했다.

"그렇다면 읽어 봐라."

흰토끼가 안경을 썼다.

"전하, 어디에서부터 시작할까요?"

왕이 아주 근엄하게 말했다.

"처음부터 시작해서 끝까지 읽고, 그리고나서 끝내라."

법정은 쥐죽은 듯이 조용해졌고, 흰토끼가 다음과 같은 시를 읽었다.

사람들은 네가 그녀를 만난 적이 있고
그녀에게 나에 대해 이야기했다고 한다.
그녀는 나에게 좋은 사람이라고 했지만
내가 수영을 못한다고 말했다.

그는 내가 가지 않았다고 그들에게 말했다.
(우리는 그것이 사실이라는 것을 안다)
만약 그녀가 이 문제로 들볶으면
당신은 어떻게 될 것인가?

난 그녀에게 하나를 주었고, 그들은 그에게 두 개를 주었다.
당신은 우리에게 세 개 이상을 주었다.
그것들은 전부 내것이었는데
그가 전부 너에게 되돌려주었다.
나 또는 그녀가 이 사건에 우연히 얽혀든다면

그는 당신이 그들을 풀어줄 것이라고 믿는다.

우리들이 그러했던 것처럼.

내 의견을 말한다면

(그녀가 그처럼 발작을 일으키기 전에)

당신은 그와 우리들 그리고 그것들 사이를

가로막는 방해자였다.

그녀가 그들을 가장 좋아했다는 사실을

그가 알지 못하도록 해야 해.

그것은 너와 나를 제외한 나머지 모든 사람들로부터

지켜져야 할 비밀이니까.

왕은 손바닥을 치며 말했다.

"그것이야말로 지금까지 들은 것 중에서 가장 중요한 증거로군. 자, 이제 배심원들이 말할 차례……"

앨리스가 말했다. (그녀는 몇 분 사이에 아주 커져 있었으므로 왕의 말에 반박하는 것을 조금도 두려워하지 않았다.)

"누가 되었건 이 시를 설명할 수 있다면 그에게 6펜스를 주겠어요. 이 시에 뜻이라곤 하나도 없어 보여요!"

배심원들은 그대로 석판에 썼다.

'그녀는 이 시에 뜻이라곤 하나도 없다고 믿고 있다.'

그러나 그들 중에 누구도 그 시에 대해 설명하려고 하지 않았다.

왕이 말했다.

"아무 뜻이 없다면 무슨 뜻인지 찾아내려고 노력하지 않아도 되므로 고생할 필요가 없겠지. 하지만 아직은 모르는 일이야."

왕은 무릎 위에 시를 펼치고 한쪽 눈으로 들여다보면서 계속했다.

"그러니까 여기에는 무슨 뜻이 있는 것 같아. '내가 수영을 못한다고 말했다.' 이 부분 말이야."

왕이 잭에게 고개를 돌리며 덧붙였다.

"그런데 넌 수영을 할 줄 모른다고 그랬지?"

잭은 애처롭게 고개를 흔들며 말했다.

"그렇게 보입니까?" (잭은 마분지로 만들어져 있기 때문에 분명히 수영을 할 수는 없었다.)

왕이 말했다.

"좋아, 그건 그렇고."

그리고 왕은 시를 보며 혼자서 중얼거렸다.

"'우리는 그것이 사실이라는 것을 안다' — 이것은 배심원들을 말하는 것이고, '만약 그녀가 이 문제로 들볶으면' — 이것은 여왕을 말하는 거겠지. '당신은 어떻게 될 것인가?'

— 그렇지! '난 그녀에게 하나를 주었고, 그들은 그에게 두 개를 주었다' — 이것은 그에게 파이를 주었다는 말 아니겠어?"

앨리스가 말했다.

"그렇지만 계속해서 '그가 전부 너에게 되돌려주었다.'라고 되어 있어요."

왕은 탁자 위에 있는 파이를 가리키며 의기양양하게 말했다.

"그래, 저것들이 저기 있군! 저것만으로도 확실해."

그리곤 여왕에게 계속 말했다.

"그런데 '그녀가 그처럼 발작(fit)을 일으키기 전에'라고 쓰여 있는데, 당신은 발작을 일으킨 적이 없잖아, 여보?"

여왕이 잉크병을 도마뱀 빌에게 던지며 파르르 화를 내며 말했다.

"결코 없어요!"

(불행하게도 꼬마 빌은 석판에 아무리 써봤자 글씨가 써지지 않아서 기록하는 것을 그만두고 있었다. 그러나 이제 얼굴에 흘러내리고 있는 잉크로 다시 기록하기 시작했다. 잉크가 다 없어질 때까지.)

왕은 웃으면서 법정을 둘러보았다.

"그래요. 이 구절은 당신에겐 해당되지(fit)(역주 : fit는 동사로 '~에 알맞다', 해당되다 / 명사로는 '발작, 경련'의 뜻) 않는 말이에요."

그러자 법정 안은 쥐죽은 듯이 조용해졌다.

"농담을 한 것이요!"

왕이 화난 어투로 이렇게 덧붙이자 모두들 웃었다. 그리고 왕은 그날 거의 스무 번도 넘게 외쳤던 말을 했다.

"자, 배심원들은 판결을 내리세요."

앨리스가 소리쳤다.

"안돼! 안돼! 선고부터 하고 판결은 나중에."

여왕이 얼굴이 벌개지면서 소리쳤다.

"입 닥쳐!"

앨리스가 말했다.

"싫어요!"

여왕이 목청껏 소리쳤다.

"저 애를 처형해라!"

그러나 아무도 움직이지 않았다.

앨리스가 말했다.

"당신 말에 누구 하나 관심을 가지겠어요?"

(그녀는 이제 본래의 키로 커져 있었다.)

"너희들은 카드 꾸러미에 지나지 않잖아!"

그때 카드들이 공중으로 날아오르더니 앨리스에게로 쏟아져 내렸다. 앨리스는 놀라서 꽥 비명을 지르며 성난 사람처럼 그것들을 쳐내려고 했다. 그 순간 그녀는 자신이 언니의 무릎을 베고 언덕 위에 누워 있다는 것을 알았다. 언니는 앨리스의 얼굴 위로 팔랑팔랑 떨어져 내리는 나뭇잎들을 살며시 쓸어내려 주고 있었다.

언니가 말했다.

"앨리스야, 일어나! 정말 왜 그렇게 오래 자는 거야!"

앨리스가 말했다.

"정말, 이상한 꿈을 꿨어!"

앨리스는 언니에게 자신의 이상한 모험담을 기억나는 대로 전부 이야기해 주었다. 이야기를 끝내자 언니는 앨리스에게 입을 맞추어 주었다.

"정말 이상한 꿈이었구나! 간식 시간에 늦겠다. 뛰어야 해."

앨리스는 일어나 마구 달리면서 생각했다.

"어떻게 그런 이상한 꿈을 꾼 것일까?"

***

언니는 앨리스를 보내 놓고 턱을 괴고 앉아 지는 해를 바라보며 어린 앨리스와 앨리스가 꾸었다는 이상한 꿈을 생각해 보았다. 그러는 사이에 그녀도 마침내 꿈을 꾸는 것 같았다. 그녀가 꾼 꿈은 대강 이러했다.

그녀는 처음에는 동생 앨리스의 꿈을 꾸었다. 앨리스는 작은 손으로 그녀의 무릎을 다시 꽉 껴안고 있었다. 그리고 눈을 반짝거리며 그녀를 쳐다보고 있었다. 그녀는 동생의 카랑카랑한 목소리를 들을 수 있었고, 눈가로 흘러내리는 머리카락을 뒤로 넘기려고 머리를 가볍게 흔드는 것도 보였다. 그리고 귀를 기울이면 그녀 주변의 모든 세상이 동생의 꿈에 나타난 이상한 생물들과 함께 살아 움직이는 듯한 소리가 들렸다.

흰토끼가 서둘러 걸어가자 기다란 풀밭에서 살랑살랑 소리가 났으며 이 소리에 깜짝 놀란 쥐가 옆에 있는 웅덩이로 풀쩍 뛰어들었다. 3월의 토끼와 그의 친구들이 끝도 없이 차를 나누어 마시느라 찻잔들을 달그락거리는 소리가 들렸으며 여왕의 날카로운 목소리도 들렸다. 여왕은 불행하게도 손님들을 처형하라고 명령하고 있었다. 또한 아기 돼지들이 공작부인의 무릎 위에 앉아 재채기를 하고 있었으며 그들 주위에 접시들이 날아와 부딪혀서 깨지고 있었다. 또한 그리펀이 외치는 소리, 도마뱀이 석판을 끄적거리는 소리, 기니피그가 울음을 삼키느라 꺽꺽대는 소리, 멀리에서 들려오는 가여운 가짜 거북의 흐느낌 소리들이 뒤섞여 주변을 가득 채우고 있었다.

그녀는 눈을 감고 자리에 앉아서 자신이 이상한 나라에 있는 것이 아닌가 하고 생각했다. 그러나 그녀는 자신이 눈만 뜨면 모든 것이 단조로운 현실로 바뀔 것이라는 사실을 알고 있었다 — 풀밭에서는 바람 때문에 살랑살랑 소리가 나며, 갈대의 흔들림으로 인해 웅덩이에서는 파문이 일며, 달그락거리는 찻잔 소리는 딸랑거리는 양떼의 방울소리일 것이다. 그리고 여왕의 날카로운 소리는 양치기들이 외치는 소리이며, 아이들의 재채기 소리, 그리펀의 외침, 그 외의 시끄러운 소리들은 바쁘게 움직이고 있는 농장 쪽에서 들려오는 (그녀가 알고 있는) 시끌시끌한 소리로 바뀔 것이리라. 또한 가짜 거북의 울음소리 대신 멀리에서 소들이 울어댈 것이 틀림없었다. 그리고 마지막으로 그녀는 이 작은 동생이 먼훗날 어떤 여인으로 자라게 될지를 상상해 보았다.

아마 동생은 나이가 들어도 어린 시절의 순수함과 사랑을 그대로 간직하리라. 그리고 어린아이들을 모아놓고 오래 전에 자신이 겪었던 이상한 꿈 이야기와 함께 아주 신기한 이야기들을 늘어 놓으며 아이들의 눈을 더욱 반짝거리게 할 것이며, 또한 자신의 어린 시절과 행복했던 여름날을 기억하며 아이들과 함께 슬퍼하고 즐거워할 것이 틀림없었다.

마술적 환상세계를 즐긴 수학자

루이스 캐럴(Lewis Carroll 1832~1898)

루이스 캐럴의 본명은 찰스 루트위지 도즈슨(Charles Lutwidge Dodgson)이다. 그러나 '루이스 캐럴'이라는 이름으로 명성을 얻은 그의 문학적 삶은 널리 알려져 있는 반면에 '찰스 루트위지 도즈슨'의 개인적인 삶은 그다지 굴곡이 없는 평온한 것이었다.

1832년 영국 체셔 지방 테어스베리에서 태어났으며 아버지는 성직자였다. 4년 동안 럭비스쿨(영국 중부 럭비에 있는 사립학교)에 다녔으며 1850년 옥스퍼드에서 가장 큰 단과대학인 크라이스트 처치(Christ Church)에 입학했다. 이곳에서 1854년 수학과의 최고과정을 마치고 다음해 이 학교의 수학 교사로 임명되어 1881년까지 수학을 가르쳤다.

1865년에 '루이스 캐럴'이라는 필명으로 '이상한 나라의 앨리스(Alice' s Adventures in Wonderland)'를 출판했으며 1869년에 《Phantasmagoria(환상)》, 1871년 《Through the Looking-Glass

and What Alice Found There《거울 나라의 앨리스》, 1876년에
《The Hunting of the Snark(스나크 사냥)》 1889년에 《Sylvie
And Bruno(실비와 브루노)》를 출판했다. 이 기간 동안 '루이스
캐럴'은 모든 아이들을 기쁘게 하는 이름이 되었으며 'C. L.
도즈슨'이라는 이름으로는 《Euclid and His Morden Rivals(유
클리드와 현대의 경쟁자)》(1879) 외에 몇 권의 수학책을 남겼다.
그리고 평생 독신으로 살다가 1898년 세상을 떠났다.

루이스 캐럴은 표면적으로는 수학자이며, 동화작가였다.
그러나 그가 남겨 놓은 수많은 글들과 사진, 그리고 수학적
업적을 보면 그렇게 간단히 설명될 수 있는 사람은 아니었던
것 같다.

유년시절은 젊은 성직자였던 아버지와 부드럽고 상냥한 어
머니, 그리고 열 명의 가족과 함께 엄격하지만 포근한 사랑
과 신앙심 속에서 남부럽지 않은 교육과 사랑을 받으며 감수
성 풍부한 아이로 자랐다. 다만 특이한 것은 다른 아이들에
비해 수수께끼, 발명, 인형극, 마술, 이야기하기 등을 즐겼으
며 이러한 특성 때문인지 수학에 아주 뛰어난 재능을 보였다
는 점이다. 수학적 재능 덕택에 훗날 옥스퍼드에서 수학교사
를 하게 되었다.

그러나 옥스퍼드에서 수학교사가 되려면 성직자와 독신자

의 길을 선택해야 했다. 수학이 자신에게 가장 적합한 능력
이라고 생각하여 그 길을 택했다.

선천적으로 오른쪽 귀가 잘 안들려서 약간 말을 더듬었
으므로 강의하는 데 어려움이 있었으나 옥스퍼드에서는 누
구보다 충실했으며 수학과 논리학에 대한 열정과 새로운 교
수법으로 인해 강의를 듣는 학생수도 증가했고 수학 논문을
발표하기도 했다.

그러나 1855년 옥스퍼드는 개혁적인 성향의 학장 헨리 조
지 리델의 부임으로 변화의 움직임이 일고 있었다. 크라이스
트 처치의 원칙을 따르는 보수주의자였던 그는 학장의 종교
적, 정치적, 행정적 변화에 끊임없이 문제를 제기했으며 그것
은 옥스퍼드를 그만둘 때까지 계속되었다. 그리고 그러한 갈
등들을 예리하게 묘사한 풍자물들을 지면에 발표하기 시작
했다. 물론 예명을 썼다.

그러나 수학 외에 연극, 예술, 사진, 퐁트 등에도 평소 관
심이 많았던 그는 1855년부터 런던의 월간지 '트레인'에 글을
기고하였고 그때부터 '루이스 캐럴'이라는 필명으로 작가활
동을 시작했다(철자 바꾸기를 좋아했던 그는 어머니의 이름과 자신
의 이름을 뒤섞어 '루이스 캐럴'을 만들어냈다). 주로 다른 사람의
작품에 특유의 유머와 신랄함을 실어 패러디한 시, 운문 또

는 사진에 대한 에세이 등이었다.

이 수학자가 아주 좋아했던 또 하나의 작업은 사진촬영이었다. 당시 상당히 정교하고 섬세한 도구였던 사진기는 수학만큼이나 매력적이었으며 환상적인 도구였다. 그는 사진술에 도취되어 사진 촬영을 즐겼는데, 특히 어린이들을 모델로 한 인물사진 촬영을 좋아했다.

독실한 기독교인이었던 그는 아이들에게서 느껴지는 순수함을 사랑하여 그들과 우정 쌓기를 좋아했다. 그래서 아이들에게 편지 보내는 것을 무척이나 즐겼으며 편지글에는 언제나 재미있는 퍼즐, 수수께끼들이 가득했다고 한다. 이러한 여러 가지 특성 때문에 그는 아이들이 사진기 앞에서 자연스럽게 포즈를 취하게 하는데 성공했으며, 유명인사들과 아이들의 인물 사진을 많이 남긴 유명한 사진작가라는 타이틀도 갖게 되었다. 그러나 어린 소녀의 누드 사진을 찍기도 해서 독신자인 그에게 보내는 사람들의 시선이 곱지 않았던 것도 사실이다.

《이상한 나라의 앨리스》, 《거울 나라의 앨리스》의 주인공인 앨리스도 캐럴의 사진에 많이 등장하는 주인공이다. 앨리스는 당시 옥스퍼드에 새로 부임한 학장, 헨리 조지 리델의 딸이었다. 캐럴은 학장의 어린 딸들과 친하게 지내기 위해 그들을 데리고 박물관을 견학하기도 하고 소풍을 나가 사진을 찍으면서 재미있는 이야기를 지어 들려주기도 했다. 아이들은 그가 들려준 이야기를 너무도 좋아했으며 책으로 만들어 달라고 졸랐다. 그는 이 이야기들과 재미있는 모험담을 엮어 당시 '펀치'지의 풍자화가였던 존 테니얼의 삽화를 받아 1865년 《이상한 나라의 앨리스》를 출간하게 되었다.

7살 소녀 앨리스의 환상적인 모험담 《이상한 나라의 앨리스》와 후속편 《거울 나라의 앨리스》는 문학적, 사회적으로 엄청난 성공과 파장을 일으켰으며 루이스 캐럴이 죽은 후 100년이 지난 지금까지도 그의 이름을 불멸의 존재로 만들어 주었다. 수학자이자 자연인인 '찰스 도즈슨' 보다는 동화작가 '루이스 캐럴'로 더욱 명성을 얻게 된 것이다.

수학자로서의 찰스 도즈슨의 업적은 그다지 놀랄만한 것은 없지만 《유클리드에 대한 소논문》, 《행렬식에 관한 기초이론》(1867), 《상징적 논리(Symbolic Logic)》 등의 저서를 통해 알려져 있다.

한편 '루이스 캐럴'의 연구가로 알려진 마틴 가드너*에 의하면 루이스 캐럴의 작품과 어린 소녀들에게 보낸 편지, 일기 등에서 다양한 수학 게임, 퍼즐, 논리적 역설, 수수께끼, 말놀이, 게임의 규칙들을 발견할 수 있다고 한다. 캐럴이

1877년에 개발한 'Doublet'이라는 단어 퍼즐은 1879년에는 책으로 소개되어 사교계와 상류층에서 유행되기도 했으니 그가 얼마나 '수학 놀이'에 몰두했던 사람인가를 알 수 있다.

'앨리스 시리즈'의 저자, 성직자(부사제), 논리적인 수학자, 아이들의 친구, 사진작가, 이야기꾼, 몽상가 등등 한마디로는 설명이 불가능한 이 까다로운 저자는 생애 마지막까지도 집필에 몰두하다가 1898년 세상을 떠났다.

그가 세상을 떠난 후 런던 그레이트 오스먼드 스트리트의 어린이 병원에는 아이들의 기부금으로 '루이스 캐럴의 집'이라는 이름이 붙여진 침대가 마련되어 그의 정신이 오래도록 기려지고 있어 그가 얼마나 아이들을 사랑했는가를 알 수 있다.

*마틴 가드너(Martin Gardner) : Scientific American에 'Mathematical Games(수학 게임)'이라는 컬럼을 25년 동안 쓴 과학 저자이다. 수학, 과학, 철학, 문학, 그리고 2권의 소설과 단편집을 포함하여 약 70여권의 책을 썼다. 루이스 캐럴의 '앨리스 시리즈'를 연구하여 《Annotated Alice(주석이 달린 앨리스)》를 펴냈으며 루이스 캐럴의 글과 관련된 수학, 퍼즐, 수수께끼, 말놀이, 게임의 규칙 등등을 연구하여 《The Universe in a Handkerchief(손수건 속의 우주)》 등을 편집했다.

상상력이 없으면 모험도 없다!

옥스퍼드의 수학교사이면서 가끔 잡지에 풍자시나 에세이를 발표하던 루이스 캐럴은 1862년 7월의 '눈부신 황금빛 오후'에 아름다운 소풍을 떠났다. 그리고 그날 그를 따라나섰던 앨리스의 세 자매에게 들려준 이야기를 글로 써 달라는 요청을 받고 자신이 만들어 낸 이야기를 정리했다.

처음에는 《지하세계의 앨리스의 모험 (Alice's Adventures Underground)》이라는 제목으로 텍스트를 정리했고 존 테니얼의 삽화를 받아 출판을 준비했다.

아이들에게 선물하겠다는 생각이었으므로 자신이 출판 비용을 내고 출판사(맥밀란)에서 제작, 공급을 한다는 조건이었다.

출간을 준비하는 동안 몇 가지 이야기가 추가되었고 제목은 《이상한 나라의 앨리스(Alice's Adventures in Wonderland)》로 바뀌어 1865년에 처음 출간되었다. 그러나 초판 인쇄가 잘

못되었다고 판단한 캐럴과 출판사는 손해를 감수하고 재판을 찍기로 했다. 이때만 해도 루이스 캐럴을 포함하여 그 누구도 이 책이 성공할 것이라고는 상상도 하지 못했다. 그러나 재판 이후 주문이 쇄도하여 날개 돋친 듯이 팔려나갔다. 1867년 10,000부, 1872년 35,000부, 1886년 78,000부가 발행되었으며 150여년이 지난 지금까지 전세계적인 베스트셀러의 위치에 있게 되었다.

당시의 신문들은 '내용이 너무 어렵고 난해하여 읽기에 거슬린다' 또는 '우리들의 우울증을 사라지게 해주는 해독제'라는 상반된 비평을 쏟아냈다. 그러나 말장난과 풍자가 넘쳐나는 이 이야기는 어린 독자들을 단번에 사로잡아 버렸다.

동화는 '그림도 없고 대화도 없는' 책을 따분해 하던 어린 앨리스가 호기심에 가득 차서 총총히 달려가는 토끼를 따라 지하세계로 내려가면서 시작된다. 그곳에서 앨리스는 루이스 캐럴이라는 아주 탁월한 난센스 작가에 의해 탄생된 엉뚱한 캐릭터들-박물관에서나 만날 수 있는 동물들인 도도새와 그리펀, 무시무시한 공작부인, 미친 토끼, 음울하게 노래하는 가짜 거북, 잔인한 하트 여왕, 아주 별난 체셔 고양이-을 만나 우스꽝스럽고 재미난 모험들을 겪게 된다. 그러나 등장인물들이 수시로 바뀌며, 전혀 연관성도 없으며 상상도 되지 않는 사건들이 전개된다.

현실 세계에 있을 법하지만 전혀 현실적이지 않은 온갖 종류의 괴상한 존재들과 함께 앨리스는 황당한 사건을 겪게 된다. 그러나 이 우스꽝스러운 존재들의 이미지는 캐럴의 섬세한 요구에 따라 존 테니얼의 삽화에 의해 훨씬 환상적이고 코믹하게 묘사되었고 이들의 대화 속에는 말장난, 풍자, 패러디한 시와 노래 등등, 아이들이 좋아할 만한 소재들로 가득했다.

수학자이면서 평소에 철자 바꾸기, 수수께끼, 퍼즐게임을 즐겼던 저자는 이 동화 속에 상당히 풍부한 언어로 수많은 상상력과 융통성을 발휘함으로써 다른 고전전인 동화들과는 확연히 구별되게 했다. 캐럴만의 독창적인 언어의 유희들을 등장인물들의 대화 속에 지속적으로 등장시켜 신선한 즐거움을 선사한 것이다.

아이들은 이러한 비정상적인 상황을 자신들만의 언어로 해독하여 앨리스의 모험을 즐겼으며 어른들, 학자들은 심리학, 문학, 수학적 논리들이 숨어 있는 책으로 여기게 되었다.

'앨리스'는 수많은 음악과 노래 등 예술 작품에 영감을 제공하고 '앨리스'라는 상표가 달린 갖가지 상품들이 쏟아져 나오게 되었다. 또한 루이스 캐럴이 세상을 떠난 후에도 다른 아티스트들의 삽화와 함께 새로운 '앨리스 북(Alice Book)'들이 출판되고 있다.

《이상한 나라의 앨리스》가 어린 독자들을 사로 잡은 또 하나의 매력은 다른 고전적인 동화에서처럼 딱딱한 메시지나 교훈을 찾을 수 없기 때문이기도 하다. 엉뚱한 모험담 속에는 당시 영국에서 유행하던 노래나 시를 패러디한 것들도 있고 재기발랄한 언어 유희는 언어에 대한 특별한 느낌으로 이어지게 했다. 따라서 한번 읽고나서 또다시 읽게 되며 그때마다 무궁무진한 상상의 세계를 발견한 아이들은 이렇게 외치게 된다(아마 이 동화를 탄생케 한 실제 인물 앨리스도 마찬가지였을 것이다).

'와우, 재미있어! 그런데 무슨 이야기를 읽은 거지? 아무튼 아무도 처형되지 않은 거지, 그렇지?'

1990년 루이스 캐럴의 연구가인 마틴 가드너에 의해 《Annotated Alice(주석이 달린 앨리스)》가 나왔다. 이 책에는 문장마다 주석이 달려 있다. 그러나 아이들에게 주석은 필요없을지도 모른다. 아이들만의 독특한 상상력만으로도 이 이야기는 무한한 즐거움을 줄 것이기 때문이다.

루이스 캐럴은 자신의 책에 대해 이렇게 말했다고 한다.

'나는 사람들이 단순한 난센스 외에 다른 의미들을 찾게 될까봐 두렵다. 하지만 그것이 어떤 것이든 간에 많은 사람들이 찾아낸 설득력 있는 의미들을 나는 기쁘게 받아들일 것이다.'

불가능한 것을 가능한 것으로, 가짜를 진짜로, 짜릿한 모험의 순간을 제한하는 것은 상상력이 죽었을 때뿐이라고 믿고 있는 아이들에게 루이스 캐럴은 아이들만의 세상을 보여주었다.

루이스 캐럴은《이상한 나라의 앨리스》서두에 이 이야기가 탄생하게 된 1862년 7월의 '눈부신 황금빛 오후'를 묘사한 아름다운 시 한 편을 실었다. 뱃전에 부딪치는 가벼운 흔들림과 나른하게 빠져드는 오후의 햇살 아래에서 앨리스와 함께 아주 색다르며, 기발한 모험을 즐기는 것은 이제 독자들의 몫이다.

《이상한 나라의 앨리스》는 루이스 캐럴만의 독특한 언어 유희로 인해 새로운 장르의 동화라는 찬사를 받았다. 그런데 원어의 특성상 우리말로 번역되었을 때, 저자가 사용한 언어에서 느낄 수 있는 상상력이 충분히 전달될 수 없는 어려움이 있었다. 따라서 원문의 이해가 매끄럽지 않은 부분에 역주를 붙여 가능한 원문의 느낌에 다가갈 수 있도록 했다.

루이스 캐럴의 언어 유희의 특성은 크게, 철자 바꾸기, 조어의 재창조, 말장난, 동음이의어의 활용 등등이다. 본문 속에서 살펴 보면 다음과 같은 것이다.

1. 철자 바꾸기

'루이스 캐럴'이라는 필명을 만들 때 어머니와 자신의 철자를 뒤섞어 만든 것처럼 철자 하나를 바꾼다. 따라서 원문에서는 단어의 철자로 느낄 수 있는 리듬감이 우리말로 번역되었을 때 언어의 리듬감이 감소된다.

"그렇다면 말이야, 지구를 관통하여 똑바로 떨어질지도 모르잖아! 거꾸로 걷고 있는 사람들 사이로 떨어진다면 굉장히 웃기겠지! 그러니까, 반감(antipathies)* ……인지 뭐라고 하는……"(그런데 앨리스는 이번에는 자신의 말이 그다지 그럴 듯해 보이지 않았으므로 듣고 있는 사람이 하나도 없는 것이 오히려 기뻤다.)

　　　　　　　　　　　　　　　－(이상한 나라의 첫번째 장면)

** 지구상의 반대편을 뜻하는 대척점(對蹠點, antipodes)이라는 단어의 철자를 바꾸어 뜻과 발음이 비슷한 반감(antipathies)이라는 단어로 표현하고 있다.

"그건 그다지 이로운 일이 아닌 것 같은데요. 밤과 낮을 생각해 보세요. 당신도 알고 있는 사실이지만 지구가 축(axis)을 중심으로 한바퀴 도는 데 스물네 시간이 걸리잖아요……"
"뭐라고, 도끼(axes)*라고! 그래, 저 애의 목을 쳐라!"

　　　　　　　　　　　　　　　－(이상한 나라의 여섯번째 장면)

** 지구의 축(axis)을 말하고 있는데 도끼(axes)라는 단어로 대구하고 있다.

226

2. 말장난

여러 가지 형태의 말장난이 등장하는데, 철자 바꾸기와 비슷한 유형으로 한두 음절의 철자를 바꾼 단어로 이중적인 의미를 갖게 하여 상황을 절묘하게 묘사한다.

가짜 거북이 한숨을 쉬며 말했다.

"난 선택 과목을 배울 여유가 없어서 정규수업만 받았단다."

앨리스가 물었다.

"정규 수업이 무엇인데요?"

가짜 거북이 대답했다.

"먼저 비틀거리기(Reeling)와 뒤틀기(Writhing)를 배우고 산수 시간에는 야망(Ambition), 주의산만(Distraction), 추해지기(Uglification), 그리고 조롱(Derision)을 배운단다."

―(이상한 나라의 아홉번째 장면)

**** 일반적인 학교의 정규수업인 읽기(Reading)와 쓰기(Writing)에서 한두 음절을 바꾸었으며(Reeling, Writhing), 산수의 더하기(Addition), 빼기(Subtraction), 곱하기(Multiplication), 나누기(Division)를 연상시킨다.

"음, 미스터리(Mystery)를 배웠지. 해양지리(Seaography)와 함께 고대와 현대의 미스터리. 그리고 우물쭈물하기(Drawling)를 배웠어. 선생님은 늙은 붕장어였는데, 1주일에 한 번 왔었단다. 우물쭈물하기(Drawling), 몸늘리기(Stretching), 기절하기(Fainting)를 가르쳤어."

-(이상한 나라의 아홉번째 장면)

** 역사(History)와 지리(Geography), 미술 시간에 배우는 그리기(Drawing), 스케치(Sketching), 칠하기(Painting)를 연상시킨다.

"난 그에게 한번도 가지 않았어. 그는 웃음(Laughing)과 슬픔(Grief)을 가르쳤다고 사람들이 말했지."

-(이상한 나라의 아홉번째 장면)

** 라틴어(Latin)와 그리스 역사(Greece)를 연상시키는 부분이다.

3. 동음이의어

발음이 유사한 언어를 사용하여 황당하고 엉뚱한 대화를 보여주는 것으로 이 동화에 가장 빈번하게 사용되고 있는 유형이다.

"내 이야기(tale)는 길고 슬픈 것이란다."

앨리스는 생쥐의 꼬리를 내려다보며 약간 불가사의한 표정으로 말했다.

"당신 꼬리(tail)가 진짜 길기는 길군요. 그런데 꼬리가 왜 슬프다고 말하는 것이죠?"

－(이상한 나라의 세번째 장면)

∴ 이야기(tale)라는 단어를 발음이 비슷한 꼬리(tail)로 알아듣고 있다.

"아마도 그렇겠지요. 하지만 음악 시간에는 '시간을 때려 주어야(박자를 맞추다)'한다는 것은 알아요."

－(이상한 나라의 일곱번째 장면)

** '박자를 맞추다'라는 표현을 쓸때 'to beat time'이라고 한다.

"물론 그렇지. 가까운 곳에 커다란 겨자 광산(mine)이 있단다. 딱 어울리는 교훈은 '내 것(mine) 이 많아지면 네 것은 그만큼 줄어든다'는 것이지."

— (이상한 나라의 아홉번째 장면)

** mine은 명사로 '광산'이라는 뜻이 있으며 대명사로 '나의 ~'라는 뜻이 있다.

"그럼, 그렇고말고. 만약에 말이야, 어떤 물고기가 내게 와서 '여행을 갈 거야'라고 말한다면 말이야, 나는 이렇게 말할 거야. '어떤 돌고래(porpoise)와 가는 거야?'"

— (이상한 나라의 열번째 장면)

** 영어권에서는 흔히 누군가가 여행을 간다고 하면 'with what purpose?'(특별한 목적이 있어서 가는 거니?)라고 묻는다. 이것을 동음이의어인 돌고래(porpoise)로 바꾸어 재미있게 묘사하고 있다.

4. 조어(造語) 및 기타 등등

완전히 새로운 단어를 재창조하여 사용하기도 하며 꼬릿 말 잇기와 유사한 단어 놀이의 유형도 등장한다.

앨리스는 용감하게 물었다.

"추해지기(Uglification)'란 단어는 들어본 적이 없는데요?"

그리펀이 깜짝 놀라 앞발을 쳐들며 물었다.

"들어본 적이 없다고! 그런데 '아름다워지다(beautify)'라는 말은 알 겠지!"

　　　　　　　　　　　　　　　　　－(이상한 나라의 아홉번째 장면)

** 'Uglification'이라는 단어는 루이스 캐럴이 만들어낸 조어 (造語).

"그러니까 M으로 시작하는, mouse-trap(쥐덫), moon(달), memory(기억), muchness(다량) 등등을 길어 올렸어요. 그런데 넌 'much of muchness'라는 말을 아니? 또 'muchness'를 길어 올리는 걸 본 적이 있어?"

　　　　　　　　　　　　　　　　　－(이상한 나라의 일곱번째 장면)

231

** 원문에서는 M으로 시작하는 단어의 운율을 느낄 수 있지만 우리말로 번역되었을 때는 전혀 운율을 느낄 수 없는 부분이다.